KB076094

시절의
독서

시절의
독서

김영란의 명작 읽기

창비
Changbi Publishers

차례

프롤로그 • 나의 삶을 구성했던 독서의 경로

책읽기에 대한 강연을 하고 그 내용을 책으로 묶어 낸 건 2016년이었다(『책읽기의 쓸모』, 창비). 내가 왜 그토록 열심히 책을 읽어왔는지 생각해보자는 것이 당시 강연을 수락한 이유였다. 내 책읽기는 생각해보면 볼수록 쓸모를 지향한 책읽기는 아니었다. 그러나 지나치게 열심히 읽어온 탓으로 읽기의 결과들이 자연스럽게 나 자신을 형성해왔음을 발견한 것이 강연의 성과라면 성과였다. 그리고 나의 남은 미래도 결국은 책읽기를 기반으로 하게 될 것이라는 예감 아닌 예감도 할 수 있었다.

사춘기의 나를 지배한 작품 중 하나인 토마스 만(Thomas Mann)의 『토니오 크뢰거』(*Tonio Kröger*, 1903)에서 주인공 토니오는 자신을 '건전한 평범성'을 가진 사람들의 무리에서 떼어내어 정신과 삶이 분리되는 사람들의 무리에

귀속시켰다. 이 생각이 사춘기의 나에게 충격을 주었다. 주변의 모든 현상을 토니오식으로 해석하면서, '나는 평범한 삶을 살아가지만 나의 정신과 나의 삶은 일치하고 있지 않다'는 식의 생각이 내게 괴로움을 주기도 했고, 무언가 설명할 수 없는 자신감을 부여하기도 했으며, 때로는 방관자적 태도를 유지하도록 만들기도 했다. 『책읽기의 쓸모』를 지배하는 나의 생각은 여전히 『토니오 크뢰거』에 머물러 있었다.

그러던 중 다시 한번 책읽기에 대한 글을 써보라는 제안을 받았다. 내가 어린 시절에 읽었던 명작동화를 소재로 해보자는 구체적인 내용을 포함한 것이었다. 어린 시절에 읽었던 안데르센 동화나 그림 형제의 동화, 『빨간머리 앤』, 『책읽기의 쓸모』에서 언급했던 『작은 아씨들』에 관한 글을 써보면 재미있을 것도 같았다. 그러나 단순한 책소개나 나의 독후감을 쓸 것이 아니라면 결국은 그 명작들이 나의 삶을 어떻게 구성했는지 파고들지 않으면 안될 것이므로 제안을 선뜻 받아들이기가 망설여졌다. 결정을 미루면서 나에게 책읽기가 어떤 방식으로 나를 구성했는지를 좀더 살펴보았다. 문학작품을 짓는 작가도 아니고 평론가도 아니므로 오로지 나만의 주관적인 책읽기의 흐름 속에서 시작해본다면 또다른 책읽기의 쓸모를 찾을 수도 있을 것 같았다.

책을 처음 읽기 시작한 이유는 집에 책이 있었기 때문이다. 동화책 이외에도 언니들이 공부하던 교과서나 빌려놓은 만화책, 또 부모님이 보시던 책이나 매일매일 오는 일간지도 있었다. 가족들이 많은 집이었던 터라 이런저런 읽을거리가 늘 있었고 대여점에서 만화책을 빌려오면 순서를 기다려서 돌려가며 읽었다.

처음부터 재미있는 놀이에 푹 빠졌다면 책을 놀이도구로 삼지도 않았을 수 있었겠으나 나의 어린 시절에는 책 이외에는 다른 놀거리가 별로 없었다. 그러다보니 다른 놀이로 놀 줄도 몰랐다. 비슷한 이유로 가족들의 책 읽는 취향들도 비슷했고 읽었던 책이나 작가들에 대한 이야기로 시간 가는 줄 모르는 가족문화가 형성되었다.

각자 직업도 가지고 결혼도 하면서 뿔뿔이 흩어져서 살다가도 가족행사로 모이기라도 할라치면 식탁에 둘러앉아 재미있게 읽었던 책 이야기를 꺼내고 영화 이야기, 연주회 이야기들을 두서없이 나누었고 어머니는 무언가 먹을 것을 자꾸만 꺼내 놓으셨다. 그러다 거실에서 텔레비전을 보시던 아버지께서 "시끄럽다. 조용히 좀 해라"라고 하시면 우리는 비로소 이야기를 멈추고 아버지 옆으로 가서 요즘은 무슨 프로를 애청하시는지 살피고는 다시 식탁으로 돌아와 끊겼던 이야기를 이어갔다.

내가 열심히 읽었던 명작소설의 작가 중에도 마치 어린 시절 나의 가족이 그랬던 것처럼 유사한 문화를 가진 이들이 많았다. 그들은 처음에는 함께 이야기를 읽다가 비슷한 이야기를 지어내기 시작하고 자신들이 지어낸 이야기를 서로에게 들려주는 순서로 그들의 가족문화를 발전시켜나갔다. 『작은 아씨들』의 루이자 메이 올컷이나 『제인 에어』『폭풍의 언덕』의 브론테 자매,『등대로』의 버지니아 울프가 그런 작가들로 떠오른다. 그렇다면 나의 삶을 구성했던 책읽기의 경로는 그들로부터 찾기 시작하는 것이 자연스럽겠다.

다음으로는 작가로서의 성공과 가족을 꾸려나가는 문제에서 결정적인 어려움을 느꼈던 도리스 레싱이 있다. 도리스 레싱은 어머니를 떠나고, 남편과 아이들을 떠나면서 그 떠남의 의미를 포함한 광범위한 주제를 탐색한 작가로서 노벨문학상까지 받았지만 나는 어쩐지 그녀의 삶이 행복해 보이지 않았다.

도리스 레싱이 슬프게 다가오는 바탕에는 여성의 사회

적 활동이 삶의 중요한 어떤 부분을 희생시키지 않고는 가능하지 않다는 절망감이 깔려 있다. 도리스 레싱은 공산당 활동과 페미니즘 사상 등과 차츰 거리를 두면서 새로운 생각들에 빠져들었고 그에 걸맞은 세상을 꿈꾸어나갔다. 그 경로를 조금 더 따라가다보면 도리스 레싱에게서 느껴지는 절망감은 여성의 상황에만 국한된 문제에서 나오는 건 아니라는 데 생각이 미친다.

도리스 레싱이 말하고자 하는 바가 무엇이었는지는 끝이 보이지 않는 미로의 세계를 헤매는 현대인들의 삶에까지 연결시켜 사유해보아야만 제대로 읽힌다. 그리고 그 사유는 마거릿 애트우드나 밀란 쿤데라, 프란츠 카프카에게서 더욱 심층적으로 행해진다.

삶에서 조금 숨을 고르는 시간이 필요해지거나 과거를 되돌아볼 계기가 주어졌을 때에는 결국 다시 어린 시절에 꿈꾸었다가 잠시 잊고 있었던 판타지의 세상을 찾아가게 된다. 살아가다가 벽에 부딪혔다든지, 어떤 한 지점에 머물러 있지 않고 새로운 길을 찾아가야 할 필요가 있을 때, 결핍과 상상력이 원동력이 되는 판타지의 세상이 공급해주는 새로운 자극이 그리워진다.

판타지의 세상 또한 묵묵히 산을 오르는 신화적인 인

물이 있고, 문 앞에서 받아들여지기를 조용히 기다리는 사람들이 살아가는 그런 세상이지만, 그들을 보면서 위로를 받고 자신들이 놓인 자리를 들여다볼 수도 있다. 삶을 바깥에서 관찰할 수 있도록 해주는 커트 보니것의 세상인 '트랄파마도어'이고, 은유의 숲을 헤매는 안데르센의 세상이다.

　나의 책읽기의 경로는 물론 나의 삶의 경로에 따른 것이지만 사람들의 보편적인 삶의 경로와도 크게 다르지 않을 것 같다. 나는 책에서 세상과 싸울 무기를 구하기보다는 살아가면서 부딪치는 세상을 납득해보려는 도구를 찾아왔다는 생각이 든다. 삶을 지탱해주는 것이 가끔은 무기였을지라도 대부분은 도구였기 때문이다. 책읽기가 때로는 사유의 샘을 깨우는 폭포수일 수도 있지만, 삶의 각 페이지를 어렵게 넘어가고 있는 사람들에게 가까운 친구가 되어주는 경우가 훨씬 더 많을 것이다. 책읽기의 쓸모가 여러가지라는 생각을 해본다.

루이자 메이 올컷

소설가는 '내재하는 꿈'을
그리는 사람

작은 아씨들의 집을 찾아가다

여학생들이 글을 읽을 수 있게 되면 필수적으로 읽는 소설 중 하나가 루이자 메이 올컷(Louisa May Alcott, 1832~1888)의 『작은 아씨들』(*Little Women*, 1868)이다. 잘 알려진 대로 『작은 아씨들』은 종군 목사로 전장에 나간 아버지를 기다리면서 자애로운 어머니, 가족의 일원인 해나와 함께 살고 있는 마치가의 네 딸 메그, 조, 베스, 에이미와 이웃한 로런스가의 로런스씨, 손자인 로리, 로리의 가정교사인 존 브룩 등과의 사이에서 벌어지는 이야기들을 잔잔하고 감동적으로 그린 성장소설이다.

메그는 배려심이 많고 차분한 성격인 반면 조는 적극적이고 활달하다. 베스는 수줍음을 많이 타며 몸이 약하고 에이미는 멋 내기를 좋아하는 예쁜 소녀다. 자매들의 개성이 각자 다르므로 독자들은 그중 특히 정이 가는 인물을 골라 감정이입을 해본다거나 자신과 비교해볼 수도 있다.

여자 형제들이 넷인 집에서 자란 나도 많은 여학생들처럼 마치가의 딸들과 우리 집의 자매들을 비교해보았다. 나는 네 자매 중에서도 '조'에 감정이입을 한 채로 조의 이야기가 내 이야기인 것처럼 흥미진진하게『작은 아씨들』을 읽었다. 그리고 소설 속의 조가 책을 써서 성공한 것처럼 루이자도 책을 써서 성공했으니 루이자의 삶도 조와 같았을 것이라고 생각했고, 나 역시도 조처럼 무언가를 잘 써서 성공할 수 있으면 좋겠다고 생각했다.

2010년 루이자가『작은 아씨들』을 쓴 집을 방문한 적이 있다. 월든 호수로 유명한 미국 매사추세츠주 콩코드에 있는 집인데, 지금은 기념관으로 운영되고 있다. 이 집에서 루이자는 스물여섯부터 마흔다섯까지 살았고 서른여섯살에『작은 아씨들』을 발표했으니 루이자의 전성기에 살았던 집이라 할 수 있다. 그레타 거윅 감독의 영화「작은 아씨들」(2019)에도 이 집이 등장한다(전세계 많은 독자들이 여전히 루이자의『작은 아씨들』을 읽고 그 글을 소재로 한 영화에 열광한다. 무려 일곱번이나 영화화되었는데 나는 그중 1949년, 1994년, 2019년에 만들어진 세편의 영화를 보았다).

2010년 방문 당시에 나는 한국의 후배 판사 두 사람과 함께 콩코드에 있는, 지금은 성함을 잊어버린 미국의 한 판사님 댁을 방문하던 길이었다. 초대해주신 미국 판사님께서 직접 운전을 해서 콩코드의 여기저기를 보여주셨다.

미국 판사님도 연세가 많으신 분이셨지만 루이자가 살던 집을 입구에서부터 안내하신 분도 머리가 하얀 할머니셨다. 그분은 루이자의 자매들의 실명을 잘 모르는 일행들을 위해 소설 속의 이름으로 설명을 하셨다. 가령 이 조각 작품은 막내딸 에이미(실제로는 애비게일 메이 올컷)의 것이고, 여기에서 첫째 딸 메그(실제로는 애나 브론슨 올컷)의 결혼식이 열렸다는 식이었다. 그러면서도 실제 자매들의 삶과 소설이 일치하지 않는 부분도 간간이 지적하셨다. 셋째 딸 베스(실제로는 엘리자베스 수얼 올컷)가 이 집으로 이사하기 전에 사망했다는 이야기를 들었을 때 나는 조금 놀랐다.

루이자의 가족은 이사를 자주 다녔는데 루이자는 가족들이 이 집으로 이사한 후에 애나가 결혼한 스물여덟살이 될 때까지 스물아홉번 이사를 했다고 한다.[1] 아버지 에이머스 브론슨 올컷이 오처드 하우스를 구입한 것은 엘리자베스가 사망하기 전인 1857년의 일이었으나 집 상태가 엉망이라 대규모의 수리가 필요했다. 그래서 잠시 동안 부근의 다른 집을 빌려서 머물렀는데 그때 엘리자베스가 사망했다. 엘리자베스가 어디서 사망했는지가 중요했다기보다 소설과 실제를 혼동하여 소설의 배경이 된 그 집에서 루이자의 자매들이 늘 살았다고 생각했기에 놀랐던 것 같다.

우리가 방문했던 집은 오처드 하우스였는데, 루이자는 어린 시절을 오처드 하우스 옆 힐사이드라 불리던 집에서 보냈다. 『작은 아씨들』에서 쓰고 있는 많은 이야기들 역시 사실은 힐사이드에서 일어난 일이었다.

마치 오처드 하우스가 『작은 아씨들』의 실제 배경이 아니었던 것처럼 소설이든 영화든 그 속에서 펼쳐지는 삶이 루이자의 삶과 정확히 일치하지는 않는다. 오히려 그 속에는 루이자가 너무나 힘든 삶을 이겨내면서 상상했던 세계들이 판타지 아닌 판타지로 펼쳐져 있다. 소설 속의 둘째 딸 조처럼 작가가 되어야지 하는 꿈을 꾸어본 적이 있는 나는 일찌감치 내가 조가 될 수는 없다는 걸 알았다.

하지만 콩코드의 오처드 하우스에서 루이자와 조의 삶이 닮은 듯 다르다는 것을 깨닫기 전까지 나는 조가 완벽한 루이자의 분신이고 루이자가 만든 판타지 월드가 실제 루이자가 살았던 세상이라고 무의식중에 생각해왔던 것 같다.

소설이 작가의 삶을 그대로 옮기는 것은 아니지만 작중인물에게 실제 인물의 성격과 닮은 부분이 존재하는 것도 어쩔 수 없다. 루이자에 대한 평전에서 수전 치버는 유명한 소설가인 아버지 존 치버의 말을 인용하면서 문학작품은 '그 자신에게 내재하는 꿈'(self-contained dream)으로 읽혀야 한다고 주장한다.[2] 루이자가 그린 판타지 월드는 루이자에게 내재하는 꿈이었다는 말일 것이다.

물론 소설가 속에 내재한 꿈이 스스로 존재하는 꿈이되어서 독자의 꿈으로까지 이어져야만 성공적인 소설이 될 수 있다. 내 경우만 봐도 루이자와 조가 동일한 인물이라고 생각하면서도 현실 속의 '루이자'가 아니라 소설 속의 '조'가 일종의 롤모델이 되었다. 루이자는 자기 안에 내재한 꿈을 제대로 그려내어 나와 같은 독자들에게 그것이 자신의 꿈인 것처럼 느껴지게 했으니 『작은 아씨들』의 성공은 여기에 있다고 할 수 있다.

이 판타지 월드에는 전원적인 소도시의 목가적인 주택, 진지하지만 따뜻한 아버지와 이웃을 돌보는 사랑이 넘치는 어머니, 그리고 결혼하여 두 아들을 키우는 큰딸과 어머니를 돕다가 성홍열이 옮아서 일찍 세상을 떠나는 셋째 딸, 미술에 재능을 보여서 유럽으로 미술 수업을 떠나 화가가 되는 막내딸과 이 모든 딸들의 뒤에서 가족들의 어려움을 전부 짊어지려는 둘째 딸이 있었다. 그러나 실제의 삶에서는 과도한 이상주의자로서 경제적으로는 무능했던 아버지, 그에 대하여 실망하고 분노하는 어머니, 지나친 가난에 지쳐가는 네 딸들이 있었다. 가족들과 함께 하는 삶으로부터 몇번이나 탈출을 꿈꾸었으나 성공하지 못한 채 평생 가족을 위해 살 수밖에 없었던 루이자는 글 속에서 올컷 가족을 '슬픈 가족'(the pathetic family)이라고 명명하기도 했다.[3]

　『작은 아씨들』에는 다른 종류의 가족에 대한 루이자의 갈망이 드러난다고 수전 치버는 말한다. 『작은 아씨들』에는 올컷가의 가족들이 직접 해오던 궂은일들을 해주던 사랑스럽고 충실한 해나가 있고, 조금 정상을 벗어난 아버지 대신 영웅적이면서도 목가적인, 그러면서도 여성들의 삶에 개입하지 않는 마치가의 아버지가 있으며, 아버지와 어머니를 항상 곤란하게 하고 화나게 만들던 루이자와 달리 반항아이면서도 사랑스러운 조라는 인물이 있다.[4] 올 컷가의 가난이 절망적이었던 것과는 달리 마치가의 가난은 자발적이고 고상한 것으로 재탄생했고, 때때로 암울하고 두려웠던 스토리를 행복한 스토리로 바꿔놓았다.[5]

결국 루이자는 자신이 생각한 이상적인 가정을 소설 『작은 아씨들』속에 그려놓은 것이라는 수전 치버의 말에 독자인 나로서는 동의하지 않을 수 없다.[6] 한편, 생각해보면 올컷가의 가난과 이상적이지만 비현실적인 비전을 가졌던 아버지의 존재가 루이자를 세계적인 작가로 만들어낸 원동력이었다고 할 수도 있을 것 같다.

루이자의 두 아버지, 브론슨과 에머슨

루이자의 집을 안내해준 분이 하신 설명 중 기억에 남는 것은 언니 애나의 결혼식에 온 랠프 월도 에머슨의 이야기였다. 에머슨이 언니에게 축하 키스를 했는데 언니의 결혼에 무척 절망했던 루이자는 에머슨의 축하 키스가 언니의 결혼을 견딜 수 있게 만들어주는 장점이라고 일기에 썼다고 했다. 루이자가 언니의 결혼 발표에 얼마나 충격을 받았는지는 『작은 아씨들』의 마지막 부분을 보면 조의 입장에서 상세하게 묘사되고 있다. 조는 언니의 결혼 발표에 마치 찬물을 뒤집어쓰기라도 한 것 같은 충격을 받았고 "조 처제, 우리를 축하해줘!"라는 미래의 형부의 말을 상처에 소금을 뿌리는 모욕이라고 생각했다.[7]

에머슨은 루이자의 아버지 브론슨보다 네살 아래였는데, 루이자의 아버지가 서른여섯, 에머슨이 서른둘이던 1835년 처음 만났고 그 이후 평생 우정을 나누었다. 홀로 또는 가족들을 이끌고 떠도는 삶을 살았던 아버지에게서 느끼지 못했던 감정을 이웃의 에머슨에게서 느꼈던 루이자였기에 언니가 결혼으로 가족을 떠나는 데 대한 섭섭함과 에머슨에 대한 감정을 대비시켜 적은 일기의 솔직한 내용이 흥미로울 수밖에 없다.

당시 콩코드를 포함한 뉴잉글랜드 지방을 사로잡은 초월주의(trancendentalism)는 물질에 대한 정신의 우위, 개인 속에 내재하는 신과의 합일 등을 주장했다. 그 중심에 에머슨과 브론슨이 있었다. 1836년 에머슨을 비롯한 몇몇이 모여서 나중에 초월주의자 클럽으로 알려진 지식인 모임을 만들기로 했고, 에머슨의 주장으로 브론슨도 회원이

되었다. 에머슨은 브론슨을 '신이 만든 성직자'라고 일컬으며 사람들을 설득했다.[8]

초월주의라는 용어는 엘리자베스 피보디가 영국의 낭만주의 시인 새뮤얼 테일러 콜리지의 초월적 양심이라는 개념에서 영감을 받아 만들었다고 한다.[9] 엘리자베스는 브론슨의 교육철학을 담은 책을 펴내기도 했고 책방을 내기도 했는데, 초월주의자의 일원인 마거릿 풀러를 중심으로 한 대화모임이 그 책방에서 열렸다(엘리자베스의 두 여동생 중 한명은 너새니얼 호손과 결혼한 소피아 호손이다).

루이자는 아버지 브론슨이 초월주의자들 사이에서 교육적인 방면을 맡고 있다고 생각했다. 실제로 브론슨이 교육에 대해 어떤 생각을 가졌는지는 『작은 아씨들』에서 루이자가 소설 속의 아버지 마치씨를 묘사하는 부분에서 잘 드러난다. 소설 속에서 마치씨는 자그마한 교구의 목사로 나온다. 그는 "따로 배우지 않아도 지혜를 타고났고, 온 인류를 '형제'라고 부르는" 사람이며, "세속적인 성공과는 담을 쌓은 채 가난하고 청렴한 삶을 살아온 사람"이었다. 또 50년 동안 고된 경험으로 터득한 지혜를 사람들에게 나눠주었다.[10]

물론 루이자의 이 묘사는 아버지에 대한 묘사 중 가장 이상적인 버전이다. 아버지 브론슨은 금발과 푸른 눈을 가진 사람이 검은 머리와 검은 눈을 가진 사람보다 더 선하고 우월하다고 생각했고, 그래서 어머니를 닮아 검은 머리와 검은 눈을 가진 루이자보다 큰딸 애나를 더 귀하게 여겼다. 하지만 애나의 머리카락은 실은 루이자보다 더 검었다고 한다.[11] 루이자와 아버지의 관계는 『작은 아씨들』에 나오는 딸들과 아버지의 관계처럼 이상적이지는 않았다.

1839년 보스턴에서 크게 성공가도를 달리던 학교인 템플스쿨이 갑작스럽게 실패하자 절망에 빠진 브론슨은 이듬해인 1840년 에머슨에 이끌려 콩코드로 옮겼다. 그곳에서 브론슨은 자신의 이상에 대한 글을 쓰거나 가르치기보다는 직접 그 이상대로 살기로 했다. 고기를 먹지 않았고 가축을 농사에 사용하지 않으며 말을 운송수단으로 쓰지도 않았다. 면(綿)은 노예들이 따는 목화로 만들어지므로 면으로 만든 옷도 입지 않았다. 그 외에도 노예들의 노동으로 생산되거나 운송되는 모든 것을 거부했으므로 향신료, 설탕, 커피조차 먹지 않았다. 그곳에서 브론슨과 루이자의 어머니 애바는 농부와 그 아내처럼 일했으나 경제적인 형편은 나아지지 않았다. 그럴 때마다 에머슨이 티 나지 않게 루이자와 올컷 가족들을 도와주었다. 루이자가 에머슨을 정신적인 지주라고 느끼게 된 것은 이런 배경들이 영향을 미쳐서였을 것이다.

브론슨의 이상주의자로서의 면모는 루이자의 단편 소설 「초월주의의 야생귀리」(*Transcendental Wild Oats*, 1873)에 그대로 드러나 있다. 브론슨은 1843년 여름, 뜻을 함께하는 개혁주의자들과 같이 프루틀랜드(Fruitlands) 라는 공동체(consociate family)를 만들기로 했다. 옮겨 가기로 한 농장은 살던 집에서 약 20킬로미터 정도 떨어진 골짜기에 있었다. 지형 탓에 여름에는 숨이 막힐 듯했고 겨울에는 문자 그대로 세계의 끝처럼 여겨지던 곳이었다. 그래서 이곳은 '천국의 사발(bowl)'이라 불렸다. 애바는 도착하자마자 마치 돼지우리처럼 비좁게 느껴지는 집의 크기에 놀랐다.

당시에는 산업주의(industrialism)에 대한 반발로 에덴동산 같은 공동체를 추구하는 사람들이 많이 있었고, 브론슨 또한 환상적인 농업공동체를 만들어보려 했다. 루이자의 소설 속에서 브론슨은 첫날 공동체의 참여자들에게 과학적 추론이나 육체적 기술보다는 영혼의 명령에 더 많이 의지해야 한다고 강조하는 연설을 했다. 인간을 본래 상태 그대로 내버려두며, 차나 커피, 포도주나 살코기의 소비는 금지한다고도 했다.[12]

브론슨과 애바의 면모를 보여주는 결정적인 에피소드도 있다. 겨울을 대비해 비축해야 할 양식을 거둬야 하는 소중한 시기에 남자들은 새 구성원을 모집하기 위해 도시로 가버렸다. 남은 애바와 루이자를 비롯한 딸들은 빨래 바구니와 이불 포대기를 몸에 묶고 밀려오는 태풍으로부터 농사지은 곡식단을 구해내지만 그해 겨울을 넘기기에도 부족한 식량만을 겨우 갈무리할 수 있었다. 애바는 공동체의 실험이 끝났다고 선언하고 미리 얻어둔 부근의 방으로 아이들을 데려가겠다고 했고, 브론슨은 공동체 실험을 계속할 것인지 가족들과 함께할 것인지를 결정해야 했다. 브론슨은 며칠간 식음을 전폐하고 누워서 죽음을 기다렸다가 결국 가족을 선택했다.[13] 공동체 실험 이후 브론슨과 애바의 관계는 이전 상태로 돌아가기 어려울 정도로 망가졌다. 당시 열두살이던 루이자도 공동체 실험 이후의 브론슨은 열정적으로 아이들의 양육에 뛰어들던 아버지에서 내면을 주시하는 아버지로 바뀌었고, 이해할 수 없으며 좀 두려운 존재가 되었음을 느꼈다.[14]

1845년 프루틀랜드의 공동체 실험에 실패한 브론슨과 가족들이 다시 콩코드로 와서 살기 시작한 집이 힐사이드였다. 이때도 에머슨이 쾌척한 500달러의 돈으로 집을 사서 이사할 수 있었다. 1848년 보스턴으로 돌아가기 전까지 힐사이드의 집은 가족들에게 프루틀랜드에서 겪었던 어려움을 상쇄시키는 장소가 되었다. 이 집은 루이자의 부모가 프루틀랜드의 실패로 인한 비판적인 여론으로부터 피난할 수 있는 장소가 되기도 했고, 도망친 노예들이 캐나다로 이주하기 전 숨어 사는 장소로 이용되기도 했다. 이곳에서 큰딸 애나와 둘째 딸 루이자는 처음으로 자기들의 방을 가질 수 있게 되었다. 루이자는 이 무렵부터 에머슨을 자신의 문학적인 우상으로 삼았다.

　에머슨은 루이자에게 자신의 도서관을 아무 때나 이용해도 된다고 허락했다. 어느 날 도서관에서 루이자는 『괴테가 한 아이와 주고받은 편지』(*Correspondence with a Child*)라는 책을 발견했다(에머슨이 읽어보라고 했다는 말도 있다). 괴테와 베티나 폰 아르님이 주고받은 편지들을 묶은 책이었다. 이 책은 1843년경의 뉴잉글랜드 지방에서 센세이션을 불러일으켰고, 많은 소녀들이 '베티나'가 되어 자신의 '괴테'에게 편지를 썼다고 한다.[15]

어린 소녀가 노년의 현인으로부터 지혜를 찾는다는 아이디어에 강하게 이끌린 루이자는 많은 시간을 에머슨의 집에서 보냈다. 에머슨이 들으라는 듯이 집 바깥에서 서투르게 독일 노래를 부르는가 하면 야생화 꽃다발을 만들어서 문 앞에 놓고 가기도 했다. 그에게 편지도 썼으나 너무나 수줍어서 보내지는 않았다. 이때부터 루이자의 문학적 인생이 시작되었다. 열다섯살 때 루이자는 에머슨의 도서관으로 가서 책을 추천해줄 것을 청했고 그때 에머슨은 셰익스피어, 단테, 괴테를 소개했다. 루이자가 어려운 책에 관심을 보이자 에머슨은 관대한 미소를 짓고는 좀더 기다리라고 충고하기도 했다. 에머슨이 죽은 후 루이자는 그중 많은 책들에 대해서는 여전히 기다리고 있다면서 에머슨에게서 가장 진실한 기쁨을 찾을 수 있었고, 그가 자신의 삶에서 최고의 영감을 주었다고 회상했다.[16]

에머슨은 루이자의 기억 속에서 비탄에 빠진 아버지이기도 했다. 1842년 에머슨의 아들이 성홍열로 앓고 있다는 얘기를 듣고 루이자는 에머슨의 집으로 달려가서 에머슨에게 아이가 괜찮은지 물었다. 에머슨은 슬픔에 가득차서 "아이는 죽었어"라고 답했다. 루이자는 그때가 커다란 고뇌라는 걸 처음으로 느꼈던 순간이라고 말하곤 했다. 에머슨은 그녀의 마스터로 남았다. 그녀는 에머슨이 초월주의자들 중 시(詩)적인 측면을 대표하는 사람이라고 생각했다.[17]

에머슨은 초월주의를 이끌었을 뿐 아니라 뛰어난 신인들을 만나서 대화하고 도움을 베풀기를 좋아하는 사람이었다. 일부 사람들의 지적처럼 에머슨이 브론슨의 아이디어를 자기 것으로 활용하기 위해 계속해서 올컷 가족을 자신의 옆에 두었던 것인지는 알 수 없으나, 에머슨은 브론슨을 평생 도왔고 『월든』(Walden)의 저자 헨리 데이비드 소로에게도 필요한 순간 적절한 도움을 베풀기를 마다하지 않았다.

루이자가 작가가 되기로 결심하는 데 결정적인 도움을 준 사람도 에머슨이다. 루이자는 아버지와 어머니로부터 글 쓰는 재능을 물려받은 데다, 에머슨을 비롯한 아버지 주변의 인물들이 당시의 미국을 새로운 사상으로 한 단계 고양시키는 핵심인물들이었기에 그들로부터 사고하는 방법을 전수받을 수 있었다. 이는 루이자가 작가로서 얻은 또다른 행운이라 할 수 있다. 아버지는 루이자를 고난 속으로 밀어넣기도 했으나 작가로서 성공할 수 있는 토양이 되어주기도 했다. 작가인 루이자와 아버지로 대표되는 가족 사이에 존재하는 이러한 아이러니는 다른 작가들에게서도 종종 보이는 일이다. 나아가 누구나의 인생에도 이런 식의 아이러니는 종종 있을 것 같다.

또다른 이웃, 소로와 호손

소로와 루이자의 관계는 에머슨과 루이자의 관계보다 더 열렬한 것이었다. 루이자의 가족이 보스턴에서 콩코드로 처음 옮겼을 때 소로는 학교를 세워 학생들을 가르치고 있었다. 애나도 그 학교에 입학하여 소로의 가르침을 받았다. 소로는 『작은 아씨들』 속 로리 로런스의 모델이기도 하다(또다른 모델로는 루이자의 친구 앨프리드 휘트먼이나 유럽에서 만난 폴란드인 피아니스트 등이 거론된다). 소로는 브론슨이 런던에 가 있던 6개월 동안 루이자의 자매들과 산책도 하고 직접 만든 보트로 보트 놀이도 함께했다. 당시 열살에서 열한살로 옮겨가던 루이자에게는 소로와 함께한 경험 자체가 교육이었다.

1845년 소로가 월든 호수에 집을 짓고 살기로 마음먹었을 때 그는 프루틀랜드를 타산지석으로 삼았다. 『월든』의

「숲 생활의 경제학」이라는 장에서 소로가 실험에 든 비용을 세세하게 설명함으로써 지속가능하고 자급자족하는 삶이 가능함을 보여준 것은 프루틀랜드의 실패를 교훈으로 삼았기 때문이었다.[18]

브론슨은 소로가 월든 호숫가에 집을 짓는 데 도움을 아끼지 않았고 빈번하게 소로의 오두막을 방문했다. 소로는 『월든』의 다른 장을 빌려 브론슨을 눈과 비와 어둠을 무릅쓰고 숲으로 걸어와 긴 겨울 저녁을 여러번 함께 보낸 사람이라고 썼다. 소로는 브론슨을 "어떤 제도에도 구속받지 않는 자유인"이라고도 했다.[19]

루이자도 브론슨과 함께 소로의 오두막을 방문했다. 『월든』의 「방문객들」이라는 장에 숲속을 방문한 소년 소녀들과 젊은 여성들이 호수를 들여다보고 꽃들을 살펴보았다는[20] 대목은 올컷가의 딸들이 방문한 후 쓴 구절이다.[21] 소로는 올컷가의 딸들이 독일어나 프랑스어로 암송하는 것을 듣기도 하고 세상을 사랑하는 법을 가르치기도 했다.[22]

에머슨과 소로는 루이자의 소설 『무드』(Moods, 1864) 속에서 삼각관계를 이루는 연인으로 등장하기도 했다. 그 소설에서 여주인공은 소로를 닮은 위릭을 사랑했으나 에머슨을 닮은 무어와 결혼한다. 과도한 이상주의자로서 경제적으로는 무능했던 아버지를 사랑하지 않은 것은 아니었겠지만 아버지는 루이자에게 무거운 짐이 되기도 했다. 에머슨과 소로는 아버지와 생각이 다른 사람은 아니면서도 아버지가 충분히 채워주지 못한 부분을 채워주는 사람이었다.[23]

초월주의자로 분류되지는 않지만 『주홍글자』(*The Scarlet Letter*)의 작가 너새니얼 호손도 올컷 가족의 이웃에 살면서 가깝게 지냈다. 호손이 살던 힐사이드의 집은 지금은 국립공원의 방문자서비스센터로 활용되고 있다.

호손은 올컷 가족에게 편한 이웃은 아니었던 듯하다. 사람들과 거리두기를 원했던 호손은 아는 사람이 방문하면 아내인 소피아에게 접대를 맡겨두고 뒷문으로 빠져나와서 집 뒤의 숲속으로 가버렸다. 1853년 영국으로 갔다가 1860년 돌아온 후 호손은 그동안 비워두었던 집을 개축하면서 꼭대기 층에 월든 호수를 비롯한 콩코드시를 모든 방향에서 조망할 수 있는 스카이 팔러(sky parlour)를 만들었다. 팔러는 루이자가 태어나서 처음 가졌던 방 위쪽에 만들어졌다. 그 무렵 여러번의 간청 끝에 팔러를 방문했던 루이자는 집으로 돌아와 두 손을 치켜들고 손뼉을

치면서 "왔노라, 보았노라, 이겼노라"고 외쳤다.[24]

그런데 호손은 두 집을 잇는 언덕을 걸어 다니고 옆집을 거의 관음증에 가까운 시선으로 지켜보고 스쳐 지나가기도 해 올컷 가족들을 불편하게 했다. 호손은 지나치게 수줍었기에 올컷 가족의 아버지인 브론슨과 지치지 않는 대화의 열정을 나누기는 힘들 것이라고 판단했던 듯하다. 또 당시 콩코드와 루이자의 가족을 사로잡고 있었던 노예제 폐지운동과도 거리를 두고 싶었으므로 호손은 그들 가족을 주로 지켜보기만 했다.[25]

『주홍글자』의 서문 격인 「세관」에서 호손은 브론슨의 검박하고 비건스러운 음식문화를 세관의 노감독관이 가졌던 식도락과 대비시키고 있다. 평소 브론슨을 예언자라거나 혁신가라고 책에서 언급하던 호손이 수정판에서는 그런 부분을 모두 삭제했는데, 이를 프루틀랜드의 실패를 비난하기 위한 것이라고 보는 시각도 있다는 점은 흥미롭다.[26]

채식주의자 아버지와 템플스쿨

우리나라에서 비건이 되기를 선택한다는 생각이 더이상 낯설지 않게 된 것은 요즈음에 이르러서인데 올컷 가족은 당시 이미 채식주의자들이었고 대체의학에 관심이 많았다. 저녁 식탁에서는 당시 유행하던 실베스터 그레이엄(Sylvester Graham, 미국 채식주의자의 아버지라 불린다)이 추천한 그레이엄의 갈색 밀가루로 만든 음식과 과일과 야채들로 식사를 했고, 가끔 루이자의 어머니 애바가 치킨이나 고기 요리를 몰래 올렸다.

템플스쿨 시절, 교사였던 엘리자베스 피보디는 올컷 가족과 함께 살았는데 식탁에서 엘리자베스는 브론슨과 다투기도 했다. 브론슨이 엘리자베스의 고향인 세일럼에서는 그레이엄에 대한 평가가 어떠냐고 물었고, 엘리자베스는 그레이엄식 식사법은 별로 환영받지는 못하고 있다고 답했다. 그러자 브론슨은 이백살이 되기 전에 죽는다는 생각은 자살이나 다름없다면서 엘리자베스를 포함한 세일럼 사람들을 비난했고, 엘리자베스는 브론슨이 의사들에게 반감을 가지고 있다고 맞받아쳤다. 브론슨과 엘리자베스의 불화는 템플스쿨을 지탱하기 어렵게 만든 원인이

되었다.[27]

틀어지게 된 결정적인 계기는 루이자의 어머니 애바와 아버지 브론슨이 엘리자베스의 방에 들어와 공공연히 엘리자베스가 동생에게서 받은 편지를 읽은 사건 때문이었다. 그 사건 이후 엘리자베스는 바로 템플스쿨을 떠났다. 지금 생각하면 엄청난 프라이버시 침해 같지만 올컷 가족들이 내면세계를 기록하는 문학 장르의 하나라고 볼 수 있는 '저널'(journal)을 꼬박꼬박 쓰고(이는 '다이어리'diary와는 다르다), 가족들 앞에서 읽어주곤 했다는 점을 생각하면 당시 루이자의 부모는 엘리자베스의 편지 사건을 큰 문제라고 생각하지 못했을 수도 있다.

루이자의 아버지 브론슨은 저널 쓰기를 중요하게 생각해서 루이자가 저널 쓰기를 게을리하자 벌로 홀로 식사하게 한 적도 있었다. 한번은 브론슨이 어머니 애바에게 자신의 저널을 읽어주고 있었는데, 글에서 자신에 대한 불만족스러운 구절을 발견한 애바는 바느질할 때 쓰는 큰 가위로 저널의 수백 페이지를 잘라버렸고, 빵과 사과와 물 위주로 먹는 채식주의자인 남편에게 정육점에 가서 고기를 사오라고 심부름을 시키기도 했다고 브론슨은 기록했다. 그때 브론슨은 자신의 신성한 감정이 훼손당한다고

느꼈다.[28]

엘리자베스가 떠난 후 브론슨은 템플스쿨에서 아이들과 했던 수업에 관한 책을 『복음에 대하여 어린이들과 나눈 대화』(*Conversation with Children on the Gospels*)라는 제목으로 당시 700달러가 넘는 돈을 들여 자비로 펴냈다. 엘리자베스는 관습을 존중할 필요가 있다는 의견을 내고 많은 부분을 삭제했는데 브론슨은 이를 무시하고 엘리자베스가 삭제한 부분을 부록에다 몰아넣어 오히려 그 부분이 더 쉽게 비평가들의 눈에 띄게 되었다. 아이들이 어떻게 태어나는지 예수는 어떻게 탄생했는지에 대하여 아이들과 대화를 나눈 부분은 외설적이고 모순적이고 틀렸다는 비난이 줄을 이었고 책은 대실패로 끝났다. 템플스쿨도 결국 지탱할 수 없었다.

이후 루이자의 가족들은 콩코드로 이주했고, 프루틀랜드의 실패를 겪으면서 아버지가 현실적인 버팀목이 될 수 없는 사람이라는 것을 깨달아갔다. 가족을 지탱하는 어른에게 더이상 의지할 수 없다는 생각은 피보호자인 구성원들의 향후 진로에 큰 영향을 미친다. 루이자는 아버지 대신 자신이 성공하여 가족을 책임져야 한다는 생각을 발전시켰고 끝내 소설가로 성공하여 브론슨의 빚을 갚을 수 있었다.

그 과정에서 루이자는 여러번 탈출을 시도했고 심지어는 죽음을 꿈꾼 적도 있었다. 하지만 브론슨의 철학학교(The Concord School of Philosophy)를 위한 모든 뒷바라지를 마다하지 않는 등 마지막까지 가족을 위해 최선을 다했다.

연극 무대를 향한 꿈

그러나 프루틀랜드에서 돌아온 당시 딸들은 아직 어렸다. 삶의 무게를 지기보다는 또래 친구들과 노는 시간이 더 즐거운 나이였다. 올컷가의 아이들에게는 모처럼 동네 학교에 다니면서 또래 친구들을 만나는 기회가 생겼다. 애니 클라크라는 친구는 애나, 루이자 자매와 함께 공놀이, 줄넘기 등 아이들의 놀이를 했다고 기억했다. 애니에 의하면 1844년 여름 셋째 딸 리지(엘리자베스)의 아홉살 생일파티에서 올컷 가족 최초의 연극공연이 있었는데 루이자가 단연 그날 저녁의 스타였다. 루이자는 미국 원주민을 본떠서 얼굴과 팔을 갈색으로 물들이고 깃털로 만든 옷을 입은 다음 인디언 소녀 알파라타에 대한 노래를 불렀고, 유럽인들의 약탈을 고발하는 시를 읊기도 했다.[29]

또 그 무렵 보스턴에서 콩코드로 여름을 보내러 온 열네살의 프레더릭(프레드) 윌리스라는 소년이 하숙을 했는데 애나와 프레드, 루이자는 어른들 없이 자기들끼리 부근의 연못을 돌아다니다가 이끼와 고사리로 뒤덮인 바위 협곡에 이르렀고 그곳을 '스파이더랜드'(Spiderland)라고 명명했다. 스파이더랜드에서 프레드는 왕이었고 애나는 여왕이었으며, 루이자는 공주였다. 루이자는 모든 동물들을 사랑했는데 거미도 예외가 아니어서 거미들이 죽으면 공주로서 장례식을 거행하고 비석을 세우고 비문을 지어주었다.[30]

큰딸 애나는 연극배우가 되고 싶어했고 많은 사람들이 그녀의 재능을 인정했다. 가족 공연에서 애나와 루이자는 각자 대여섯개의 파트를 맡아 짧은 시간 내에 옷을 갈아입으면서 공연을 했다. 애나는 주로 감상적인 역할을 했고, 악마적이고 초자연적인 성격이 가미된 역할은 루이자의 몫이었다.[31] 극본은 주로 루이자가 썼지만 애나도 함께 쓴 그들의 연극은 「마녀의 저주」(Norna, Or, the Witch's Curse)와 「캐스타일의 포로와 무어인 처녀의 맹세」(The

Captive of Castile; or The Moorish Maiden's Vow)였다.

루이자의 『작은 아씨들』에는 자매들이 「마녀의 저주」를 공연하는 모습이 코믹하게 묘사되어 있다. 아버지가 반대하는 연인과 사랑에 빠진 딸, 그 딸을 사랑해서 딸에게는 미약(媚藥)을 먹이고 딸의 연인에게는 독약을 먹이려는 악당, 그 악당에게 원한이 있어서 미약과 독약을 무해한 음료로 바꿔치기하는 마녀 등이 나오는 연극이었다. 작중인물인 조는 실제로는 셰익스피어의 「맥베스」를 공연하고 싶었지만 「마녀의 저주」를 공연할 수밖에 없었다고 겸손하게 대답한다. 루이자가 1888년에 죽은 뒤, 1893년 애나는 저자를 메그와 조로 하여 이 두 연극의 대본을 『희비극들』(Comic Tragedies)이라는 이름으로 발표하기도 했다.

1848년 힐사이드를 떠나 보스턴으로 돌아온 가족들은 저녁마다 모여서 그날 있었던 이야기들을 서로 나누었고, 그 시간은 하루 중 유일하게 위안이 되는 시간이었다. 처음에는 루이자가 쓴 글을 낭송하다가 셰익스피어가 쓴 장면들을 낭송하는 것으로 발전되었다. 루이자는 햄릿 역할을 했다. 그녀는 한때 소프라노 제니 린드(제니 린드와 관련해서는 안데르센이나 위대한 쇼맨 바넘의 이야기와 함께 읽으면 흥미롭다)나 세라 시든스 같은 비극배우가 되기를 꿈꾸었다. 『작은 아씨들』의 4부 격인 『조의 아이들』(*Jo's Boys*, 1886)에는 메그의 막내딸이 세라 시든스의 맥베스 부인 연기를 흉내내는 장면이 나온다.[32] 애나도 연극배우가 되기를 원해서 루이자와 애나는 함께 연극을 해서 부자가 된다거나 반짝거리는 삶을 살게 되는 이야기를 열정적으로 나누었다.

『작은 아씨들』에는 찰스 디킨스의 소설 『픽윅 클럽 여행기』(*The Pickwick Papers*)를 따서 '픽윅 클럽'을 만들고 '픽윅 포트폴리오'라는 신문을 만드는 에피소드가 있다. 실제로 루이자는 『올리브 가지』(*Olive Branch*)라는 대중적인 주간지를 본떠서 『올리브 이파리』(*Olive Leaf*)라는, 손으로 쓴 가족신문을 만들었다. 신문에는 시, 지역소식, 우스운 광고나 루이자가 사랑하는 고양이에 대한 찬가들, 자선사업이 진전되고 있다는 어머니의 보고서 등이 실렸다.[33]

올컷 가족이 보스턴에서 월폴로 잠시 거처를 옮겨서 살아야 할 때가 있었다. 마침 그때가 월폴의 첫번째 공연 시즌이었다. 시즌의 후원자였던 헨리 휘트니 벨로스는 당시 수줍었던 스무살의 엘리자베스를 좋아해서 피아노를 선물했고『작은 아씨들』에서 로런스씨가 베스에게 피아노를 선물한다는 아이디어는 여기서 얻은 것이었다.

그 여름 내내 애나와 루이자는 '월폴 아마추어 드라마틱 컴퍼니'(Walpole Amateur Dramatic Company)의 없어서는 안 될 인물이 되었다. 애나가 순진한 여성을 연기하면 루이자는 흥미진진한 역할을 맡았다. 두 사람과 함께 공연했던 프랭크 프레스턴 스턴스는 두 사람 모두 뛰어난 배우였다고 회상했다. 다만 루이자는 항상 그 자신이면서도 극중 인물의 성격을 잘 반영한 반면, 애나는 역할 속에 묻혀 자신이 사라지는 배우로 무대 위에서 실제보다 더 생기 넘치는 모습이었다고 기억했다.[34] 셋째 엘리자베스가 성홍열에 걸려서 심하게 앓았던 것도 월폴에 머무른 동안이었다.

월폴에서 홀로 보스턴으로 돌아온 루이자는 리드 부인의 하숙집에 머무르면서 글을 써서 팔고 바느질거리를 가져다가 일을 하면서 자신의 생활을 꾸려나갔다. 그러던 중 보스턴 극장의 토머스 배리가『새터데이 이브닝 가제트』(*Saturday Evening Gazette*)에 실린 루이자의 글「라이벌 프리마 돈나」(The Rival Prima Donnas)를 각색해 연극으로 올리고 싶다며 연락을 했다. 그를 만난 자리에서 루이자는 어떤 작품에도 참여할 수 있고 친구를 데려와도 좋다는 약속을 받았다. 루이자는 애나에게 함께하자고 제안했지만 벌써 스물다섯살이 된 애나는 결단력을 발휘하지 못했다. 루이자는 연극「재커바이트」(Jacobite)의 과부 포틀(Pottle) 역할로 캐스팅되었으나 토머스 배리가 다리를 다치는 바람에 연극 무대에 서지 못했다. 그후 작품들을 팔아서 돈을 벌기 시작하자 루이자는 연극의 꿈을 접고 글을 쓰는 쪽으로 마음을 정했다.

루이자가 쓴 소설들이 쉽고 대중적이며 멜로드라마적인 건 루이자가 돈을 벌어야 하는 이유가 절실했기 때문이다.『작은 아씨들』에서 루이자는 이런 작품들을 스스로 '조의 쓰레기'라고 불렀고 조의 쓰레기는 가족 모두의 삶을 편안하게 만들어주었다고 썼다.[35]

만일 루이자가 포틀 역할을 맡아서 집을 나왔고 연극 배우로서 그후의 인생을 살았다면 어땠을지를 상상하는 것은 무의미한 일일 것이다. 그러나 오처드 하우스의 조그만 귀퉁이 책상에 앉아서 자신이 원하는 글인지 아닌지 생각해볼 겨를도 없이 가정소설과 나중에 밝혀진 것 같은 선정소설 류를 계속 써야 했던 루이자를 떠올리면 누구라도 루이자에게 다른 인생을 선물해주고 싶다는 생각을 억

누르기 힘들 것 같다. '조'로만 알았던 루이자의 실제 삶을 알게 되면 그녀의 삶을 무덤덤하게 지켜보기란 쉽지 않을 것이다.

내 시간은 아직 오지 않았다

결국 루이자는 연극이 아니라 글을 써서 가난에서 벗어나게 되었다. 루이자의 삶은 『작은 아씨들』의 성공 이후 완전히 달라졌다. 가난을 벗어난 정도가 아니라 부자가 되었고, 이 위대한 작가와 한번이라도 마주치고 싶어 하는 사람들이 콩코드로 몰려들었으며, 그녀가 쓰는 모든 책들이 즉시 수만부씩 팔려나갔다. 그러나 그녀는 더 많은 글을 써야 하는 작가가 되어서 쉴 틈도 없이 일해야 했고 남북전쟁 때 간호사로 일하면서 걸렸던 장티푸스의 후유증과 조울증, 루푸스, 류머티즘 등 각종 질병으로 고통받았다.

그동안도 소소한 강연여행을 계속해오던 브론슨은 『작은 아씨들』의 아버지로서 그동안 누리지 못했던 유명세를 만끽하기 시작했다. 브론슨은 평소에 해오던 강연 목록에 루이자에 관한 부분을 추가했다. 막내 메이의 화가로서의 명성도 덩달아 올라갔다. 1870년 두 자매가 유럽 여행길에 올랐을 때 콩코드역은 자매를 환송하려는 인파로 가득 찼다.

로마에 머무르던 기간 동안 애나의 남편 존 프랫이 사망했고 루이자는 애나와 그녀의 아들들을 위해서 새 책 『작은 신사들』(*Little Men*, 1871)을 쓰기 시작했다. 그녀는 일기에 자신이 이제 조카들의 아버지 역할을 해야 한다고 썼다.[36]

『작은 신사들』에서 루이자는 비로소 브론슨의 교육에 대한 이상을 기념할 여유가 생겼다. 자신에 대한 글을 써 달라는 브론슨의 요청은 들어줄 수 없지만 『작은 신사들』에서 우회적으로 '고상하고 명석하지만 이해받지 못한 철학자'인 아버지가 템플스쿨에서 시도하려던 교육철학에 경의를 표한 것이다. 학생들이 즐거움 속에서 읽고 배우고 타고난 선의를 따르게 하는 것이 주된 철학이었다고 썼다.

1877년 마흔다섯살 생일이 되기 이틀 전 어머니가 돌아가시고 나자 루이자는 자신은 의무를 다했다고 했다. 가족의 경제적 필요를 위해 달려왔던 자신의 삶에 대한 피로가 중첩되어서였다. 그녀는 파리에 머무르는 메이를 부러워하면서 "나는 이제 준비가 되었는데 내 시간은 아직 오지 않았다"고도 했다. 유럽으로 다시 가려던 계획은 병과 애나의 부상으로 어려워졌다. 많은 방문객들이 집으로 찾아왔지만 루이자는 침실에서 내려오기를 거절했고, 반면 브론슨은 그들의 방문을 즐거이 맞았다. 루이자는 '이런 식의 삶은 살 가치가 없다'고 생각하기도 했다.[37]

1879년 브론슨은 오처드 하우스의 서재에서 철학학교를 열었고 그의 첫번째 강연은 플라톤에 관한 것이었다. 이후 그 학교는 오처드 하우스 뒤편의 가건물(힐사이드 채플)로 옮겨졌고 루이자와 애나는 브론슨의 철학자들을 먹이고 접대하고 청소하는 일을 맡아 했다. 설상가상으로 파리에서 결혼한 메이가 딸을 낳은 후 죽었고, 메이의 뜻에 따라 그 딸은 루이자가 키우게 되었다. 유럽으로 메이를 만나러 가지 않았던 걸 후회하면서 루이자는 우울함에서 벗어나 조카를 키우는 일에 매진했다.

오처드 하우스는 세를 주고 올컷의 가족들은 루이자가 애나와 함께 구입한 소로의 옛집으로 옮겼다. 그 집 또한 관광객들에게 유명해지면서 메이의 딸 룰루가 나오면 사람들은 유아차를 붙들고 룰루를 반겼고 룰루에게 키스하곤 했다. 루이자는 어머니 애바의 부탁에 따라 애바가 쓴 일기들을 다 파쇄했고, 『조의 아이들』을 쓰기도 했다. 『조의 아이들』에서는 소설가로 성공한 조가 관광객이나 방문객들에게 시달리는 모습이 실감나게 그려져 있다.

1884년에는 결국 오처드 하우스를 팔고 보스턴으로 이사했으나 그녀의 건강이 점점 나빠져서 룰루는 루이자보다 애나의 보살핌을 더 많이 받게 되었다. 그리고 아버지의 철학학교에서의 마지막 학기도 끝났다. 1887년 루이자는 가족들을 떠나 의사인 로다 로런스의 양로원으로 옮겨서 생활했고 1888년 투병 중이던 아버지 브론슨을 마지막으로 방문했다. 브론슨은 루이자의 손을 잡고 "나는 떠나니 바로 오라"고 말했고 사흘 후 세상을 떠났다. 루이자는 아버지가 세상을 떠난 사실도 모른 채 아버지가 떠난 지약 40시간 후 아버지의 장례식 날 홀로 사망했다. 세상에 대하여 또는 가족에 대하여 의무를 다한 후의 홀가분한 이별이었다.

힘든 삶 위에 세운 판타지 월드

루이자의 삶이 오로지 가족들을 위해 희생한 삶이었다고 단순화하는 것은 그녀에게 큰 실례를 범하는 것일 테다. 가족들을 기꺼이 부양함으로써 얻을 수 있었던 고양된 감정은 루이자의 삶에서 뺄 수 없는 경험이었다. 그녀가 원했던 대로 연극배우로서 성공을 거두었다든지, 경제적으로 무거운 책임을 저야 했던 가족들과 거리를 둘 수 있어서 삶의 무게가 조금은 가벼워졌다든지 했더라도 또 다른 고뇌를 짊어졌을 수도 있다. 경험의 무게를 함부로 비교할 수는 없는 일이다.

어쨌든 현실에서의 루이자는 가족들을 부양하는 책임을 아름답게 꾸민, 조금 다른 가족을 그려냄으로써 경제적으로든 정신적으로든 자신의 삶에서 이긴 셈이 되었다. 그리고 그 '조금 다른 가족'은 '스스로 존재하는 꿈'이 이뤄낸 가족이었다.

루이자가 지녔던 꿈이 그 자체로 존재하려면 설득력 있고 살아 숨 쉬는 세계가 세워지고 펼쳐져야 한다. 그렇다면 루이자는 어떻게 그런 세계를 세우는 데 성공했을까. 타고난 재능이 뛰어나고 상상력이 빼어나다고 해서 모두가 그런 세계를 그려내는 데 성공하는 건 아니다. 루이자의 경우, 어린 시절 가족들이 모여서 가상의 세계를 짓고 부수고 한 놀이들이 상상력을 키워주는 데 강력한 역할을 했다는 것은 반론할 필요도 없을 것 같다. 그리고 조금 더 자라서는 이웃에 살았던 아버지의 뛰어난 친구들이 루이자의 상상 속 세계를 보편성을 지닌 세계로 끌어올리는 데 역할을 한 것으로 보인다. 루이자의 어깨를 무겁게 만든 가족들이 결국 그녀의 성공을 가능하게 했다.

많은 사람들이 객관적인 지표와는 전혀 무관하게 자신이 살고 있는 현재의 삶이 행복하지 않다고 생각하면서 살아간다. 그리고 톨스토이의 소설 『안나 카레니나』(*Анна Каренина*)의 유명한 첫 구절처럼 자신이 행복하지 않다고 생각하는 이유는 제각각일 것이다. 그러면서도 모두가 현재의 삶을 버텨나갈 수밖에 없으며 그 방법 또한 제각각일 수밖에 없다. 그중 하나가 가슴속에 판타지를 품고서 버티는 것이다.

물론 그 판타지가 실현 가능한 경우도 있겠지만 가능성과 무관한 경우가 대부분일 것이다. 현실이 힘들고 절망적일수록 판타지는 더 강력해야 한다. 그리고 판타지는 시작이 어떠했든 간에 일단 싹이 튼 이상 그다음에는 자기 속에서 자라나 변해간다. 소설가들이 판타지를 소설이라는 형식으로 표현하는 사람들임은 말할 것도 없다. 그러므로 소설을 읽는 것은 결국 작가가 세운 판타지 월드를 훔쳐보는 행위이고, 작가의 왕국과 자신의 판타지 속 세계를 대조해보는 행위이다. 각각의 세상에서 살아가는 인물들을 나의 삶에 대입해보고, 소설가가 그려낸 판타지 월드가 마치 자신의 판타지 월드인 것처럼 대리만족하는 것이다.

『작은 아씨들』 속에는 루이자가 너무나 힘든 삶을 이겨내면서 상상했던 세계들이 판타지 아닌 판타지로 펼쳐져 있다. 이 책을 읽는 이들은 그 속에서 자신이 꿈꾸는 세계와 유사한 점을 찾아내거나 루이자의 세계를 자신의 판타지처럼 받아들일 것이다. 오히려 너무나 달라서 신기해할 수도 있다. 어쨌든 자신이나 남들이 마음속에 지니고 키워나가는 또다른 세계를 소설만큼 선명하게 드러내 보여주는 장르는 없다. 그리고 어린 시절의 나처럼 여전히 이런 판타지 월드를 필요로 하는 독자들이 있기에 『작은 아씨들』이 지금껏 계속 읽히고 있다고 믿는다.

브론테 자매들
정령의 마법으로 잃어버린
세계를 되살리다

간신히 죽음에서 벗어난 아이들

　루이자 올컷의 『작은 아씨들』을 읽고 '조'와 같은 작가가 되어 가족들의 행복을 지켜주기를 꿈꾸고 난 다음 단계는 가족을 떠나 스스로 독립하여 삶을 꾸려나가는 것일 테다. 그때 독립한 그들에게 모델이 되어주는 캐릭터 중 하나는 온갖 역경 속에서도 자신을 굳건히 지켜나가는 '제인 에어'다.

　소설 『제인 에어』(*Jane Eyre*, 1847)는 어려서 부모를 잃고 외숙부집에서 살다가 로우드 학교의 열악한 환경에서 교육을 받은 후 가정교사로 일하면서 그 저택의 주인 로체스터와 사랑에 빠지는 제인 에어의 이야기를 담고 있다. 제인 에어와 로체스터 둘 다 예쁘지도 않고 잘생기지도 않아서 전형적인 로맨스 소설의 설정과는 거리가 멀다. 로체스터와의 결혼식에서 다락방에 그의 미친 부인이 갇혀 있다는 사실이 드러나 결혼이 무효가 되자 제인 에어는 저택을 떠났다. 그후 다락방의 미친 여자 버사가 불을 내어 버사는 불에 타죽고 로체스터는 실명했다는 소식을 듣게 된 제인 에어는 로체스터를 찾아가 그와 결혼했다.

루이자 메이 올컷은 찰스 디킨스의 열렬한 팬이기도 했지만, 1848년 미국에서 출판된 샬럿 브론테(Charlotte Brontë, 1816~1855)의 소설 『제인 에어』를 읽고 열렬한 팬이 되었다. 루이자는 제인 에어 캐릭터에 몰두했다. 여성이 어떻게 글을 써야 하고 쓸 수 있는지를 샬럿에게서 배웠고,[1] 샬럿 같은 작가가 되기를 원했다.

흥미롭게도 올컷가와 브론테가의 자녀들은 유사한 어린 시절을 보냈다. 1999년 늦가을 영국 웨스트요크셔주 하워스에 있는 브론테 박물관을 방문한 적이 있다. 별다른 기대 없이 전시실에 들어섰는데 유리로 만든 진열함 속에 전시된 작은 수첩만 한 크기의, 손으로 직접 제본한 책들이 눈에 띄었다. 깜짝 놀라서 자세히 보니 그 책들은 브론테 형제자매들이 어릴 때 직접 글을 쓰고 묶은 이야기집이었다. 한적하고 음울한 마을에서 자라난 자매들이 어떻게 전세계 사람들을 놀라게 한 문학작품들을 써낼 수 있었는지는 더이상 수수께끼가 아니었다. 어린 시절 가족들의 이런 놀이문화가 생존한 세 자매 모두를 영국 문학사에 길이 남는 작가로 만들었던 것이다.

이 이야기집들에 대한 사연조차도 긴 이야기를 필요로 한다. 브론테가의 아버지 패트릭 브론테는 아일랜드의 가난한 집에서 태어나 영국으로 건너온 다음 요크셔 지방 북쪽의 작은 마을인 하워스의 교구 목사로 일했다. 어머니 마리아 브론테는 영국 남쪽의 펜잰스 출신으로 여섯 명의 아이들을 거의 연년생으로 낳았고 샬럿은 그중 셋째 딸이었다.

아버지가 하워스 교구의 종신 목사로 임명되어 이사한 다음 해인 1821년 9월 어머니는 암으로 세상을 떠났다. 당시 샬럿은 다섯살이었다. 샬럿의 위로는 두살 위인 마리아와 한살 위인 엘리자베스가 있었고 아래로는 한살 아래인 유일한 남자아이 브랜웰, 두살 아래인 에밀리, 네살 아래인 앤이 있었다. 어머니는 앤을 낳은 이듬해 세상을 떠난 것이었다. 제일 맏이가 일곱살이고 제일 막내가 한살인 이들 육남매를 돌보기 위해 이모인 엘리자베스 브랜웰이 브론테가로 왔다.

아버지는 성직자의 자녀이면서 부모 중 어느 한쪽이라도 잃은 아이들을 데려다가 교육시켜주는 학교가 있다는 걸 알게 되어 아들인 브랜웰과 막내딸인 앤만을 남기고 네 딸을 코원브리지에 있는 성직자 자녀들의 학교(Clergy Daughters' School)로 보냈다. 큰딸 마리아는 당시 열살, 둘째 딸 엘리자베스는 아홉살, 셋째 딸 샬럿은 여덟살, 넷째 딸 에밀리는 여섯살이었다. 다음 해인 1825년 2월 열한살이 된 마리아는 폐결핵에 걸려서 잠시 집으로 돌아왔으나 세상을 떠났고 둘째인 엘리자베스도 같은 병으로 세상을 떠났다. 샬럿과 에밀리만이 간신히 죽음에서 벗어날 수 있었다.

샬럿은 1846년 시력을 잃은 아버지의 눈 수술을 위해서 맨체스터에 가서 수술 결과를 기다리던 동안 『제인 에어』의 앞부분 로우드 학원에서의 일을 격정적으로 써내려갔는데 그 부분은 코원브리지 학교에서의 경험과 정확히 일치했다. 제인 에어가 만난 헬렌 번즈는 마리아 언니였고, 헬렌 번즈를 괴롭히던 선생은 마리아를 괴롭히던 필처 선생이었으며, 제인 에어의 유일한 정신적 지주였던 템플 선생은 앤 에반스 선생이었다.

호흡기 질환은 브론테 가족들을 마지막까지 괴롭혔는

데 감기와 천식이 가족들의 건강을 계속 위협했다.『제인에어』가 출판된 이듬해인 1848년 9월 아편과 알코올중독에 빠져 있던 남동생 브랜웰이 결국 결핵으로 죽음을 맞이했고, 비가 오던 날 치러진 장례식 뒤에 에밀리도 심한 독감으로 앓다가 몇달 뒤인 12월 숨을 거뒀다. 에밀리에 이어서 막내 앤도 같은 증상으로 바로 앓기 시작하더니 다음 해 5월 요양차 간 스카버러 바닷가마을에서 사망했다.

장난감 병정을 위한 이야기집

브론테 형제자매들의 작은 책 만들기는 맏딸 마리아와 둘째 딸 엘리자베스가 죽은 후 시작되었다. 살아남은 아이들은 작은 책을 만드는 일에 집착했다. 아이들은 죽음을 극복하는 행위로 글쓰기를 할 수밖에 없었다. 그들의 이야기 속에서는 죽임을 당한 인물들이 정령의 마법으로 되살아나는 일이 다반사였고 그 정령들은 바로 브론테가의 아이들이었다.[2]

작은 책 만들기의 시작은 1826년 6월 아버지가 브랜웰에게 열두개의 나무병정 세트를 사준 일이었다. 브랜웰은 누이들에게 나무병정 상자를 자랑했고 샬럿은 그중 하나를 가져다가 자신의 영웅인 웰링턴 공작(워털루전쟁에서 나폴레옹의 군대와 싸워 이긴 아서 웰즐리를 가리킴)이라 이름 붙였다. 에밀리는 자신의 나무병정을 '근엄이'라고 불렀고, 앤은 '기다리는 아이'라 했고, 브랜웰은 나폴레옹의 이름을 따서 '보나파르트'라고 했다. 그들은 작은 사람들의 언어를 만들어서 '옛 젊은이들의 말'(old young men's tongue)이라고 불렀는데 손가락으로 코를 쥔 채 요크셔 사투리를 했을 것으로 짐작된다.[3]

샬럿과 에밀리는 침대를 함께 쓰면서 서로 이야기를 지어냈는데 샬럿은 여기서 지어낸 이야기들을 '침대극'이라고 불렀다. 1827년 12월 어느 날 밤 샬럿이 만들어낸 침대극 「섬사람들 이야기」(*Tales of the Islanders*)는 겨울밤의 지루함을 견디지 못하던 아이들이 모두 섬을 하나씩 가지고 있다고 상상하면서 꾸며낸 이야기가 토대가 되었다.[4] 이후 섬사람들의 이야기가 실린 소책자들은 분해되어 더 큰 가죽 장정의 책에 부착되었다. 브론테가의 아이들은 1826년부터 이런 작은 책들을 아마도 100권 정도는 만들었을 거라고 한다. 글씨가 하도 작아서 대부분 돋보기가 있어야만 읽을 수 있었다.

1817년경부터 스코틀랜드에서는 윌리엄 블랙우드라는 사람이 『블랙우드 에든버러 매거진』(*Blackwood's Edinburgh Magazine*)을 펴냈다. 이 책은 월간 정기간행물로서 유령이나 살인마의 이야기, 시, 보수적 시각을 가진 정치 기사, 노래 악보, 그림과 책에 대한 리뷰 등이 실렸다.[5] 이 잡지를 따라해보자는 생각을 맨 처음 한 건 브랜웰이었고, 1829년 1월부터 『브랜웰의 블랙우드 매거진』을 만들어서 글을 쓰기 시작했다. 샬럿도 때때로 기고해오다가 7호부터는 『젊은이를 위한 블랙우드 매거진』(*Blackwood's Young Men's Magazine*)이라고 이름을 바꾸고 직접 만들기 시작했다.[6]

　　이 잡지는 아이들이 상상한 왕국의 수도인 글래스타운(Glass Town)에 거주하는 시민들을 위한 기삿거리와 논평을 실었다. 글을 읽을 사람들은 장난감 병정들이었으므로 그들이 들고 읽을 수 있을 만큼 작은 크기여야 했다. 아이들은 스스로를 거인이라고 하거나 쪼그라든 작은 노파라고 하는 등 극단을 오가는 신체 크기를 상상했고, 이야기는 무한하게 확장될 수 있었다.[7]

　　글래스타운이 있는 곳은 아프리카 니제르로 브랜웰과 샬럿은 '글래스타운 연합국'이라 부르다가 후에 '앵그리아'(Angria)라고 이름 붙였다. 샬럿은 상상 속에서 웰링턴의 아들을 지어낸 뒤 앵그리아의 왕으로 만들었다. 자모르나라고 알려진 그 왕은 시인이며 장군이자 정치가였고 열정적인 바람둥이로 설정되었다. 자모르나의 남동생은 자모르나의 독재에 저항하는 역할을 맡았다. 샬럿은 첫 번째 소설 『교수』(*The Professor*, 1857)를 쓰기 시작하면서 '앵그리아여 잘 있거라'라는 글을 썼다. 그 글에서 샬럿은 자신들이 오래 머물렀던 불타는 영토를 떠나 좀더 냉정한 영역으로 돌아갈 것이라고 선언했다.[8]

브랜웰과 샬럿이 앵그리아라는 나라를 만들어냈다면, 에밀리와 앤은 '곤달'(Gondal)이라는 나라를 만들어냈다. 상상의 나라 곤달에서는 공화파와 왕당파 사이에서 대대적인 전쟁이 벌어지고 있었고, 감옥에 갇힌 여인과 그녀를 향한 사랑과 임무 사이에서 내적 갈등을 겪는 남자가 있었다. 샬럿의 왕국인 앵그리아의 왕은 바이런적인 영웅으로서 사랑 때문에 몰락해가는 낭만주의자였다면, 곤달의 여왕은 아름답고 매력적이지만 잔인할 정도로 이기적이어서 그녀를 사랑했던 모두에게 비극을 가져다주었다.[9]

에밀리 브론테(Emily Brontë, 1818~1848)의 『폭풍의

언덕』(*Wuthering Heights*, 1847)은 곤달 이야기에서 바로 튀어나온 듯한 작품이라고 할 수 있다. 원제 '워더링 하이츠'는 '바람이 휘몰아치는 언덕'이라는 의미로 주인공들이 사는 저택의 이름인데, 우리나라에는 '폭풍의 언덕'으로 번역 소개되었다.

이 소설의 줄거리를 요약하는 일은 쉽지 않다. 여자 주인공인 캐서린의 아버지가 어느 날 거지꼴을 한 소년 히스클리프를 데려오면서 모든 이야기가 시작되었다. 히스클리프는 캐서린과 어린 시절을 함께했으나 캐서린이 에드거와 결혼하면서 마을을 떠났다. 부자가 되어 돌아온 히스클리프는 워더링 하이츠는 물론 에드거의 재산도 모두 차지하게 되었지만 죽은 캐서린을 잊지 못하며 서서히 죽어갔다. 이 요약은 지나치게 짧지만 이것만으로도 캐서린이 곤달의 여왕과 다른 인물이 아님을 짐작할 수 있다.

에밀리가 곤달의 이야기를 소리 내어 읽으면 "가차 없고 무자비한 자연의 무시무시한 영향력, 길 잃고 타락한 영혼들 때문에 오싹해졌고, (…) 잠자는 중에 생생하고 무서운 풍경이 떠올랐고, 낮에는 마음의 풍경이 깨어졌다"고 샬럿은 에밀리에게 불평했다.[10] 그러나 곤달 이야기는 에밀리의 시 몇편에만 남아 있을 뿐 소책자는 남아 있지 않다.

그들이 남긴 소책자의 운명은 기구했다. 1849년 앤까지 죽고 나자 브론테 가족은 아버지 패트릭과 샬럿밖에 남지 않았다. 샬럿은 1854년 6월 아버지가 봉직하던 교회의 부목사인 아서 벨 니컬스와 결혼했으나 식을 올린 지 아홉 달 만인 1855년 3월 죽음에 이르렀다. 당시의 사망증명서에는 폐결핵이 사망의 원인으로 되어 있었으나 현대 의학계에서는 임신으로 인한 과도한 구토증이 사망의 유력한 원인이었을 거라고 보고 있다. 6년 후 패트릭 브론테도 사망하면서 모든 것을 사위였던 니컬스 목사에게 남겼다. 니컬스가 패트릭을 이어받아 교구의 목사가 되었다면 이야기가 달라졌을 수도 있었겠으나, 목사직 승계가 거부되자 니컬스는 샬럿의 유산을 포함한 짐들을 꾸려서 고향인 아일랜드로 돌아갔고 그곳에서 농사를 지으면서 살았다. 목사관의 물건들을 모두 가져갈 수는 없었으므로 가져갈 수 없었던 유물은 이웃들에게 경매되어 뿔뿔이 흩어졌다.

그후로도 니컬스는 샬럿을 연구하려는 전기작가나 기자들에게 브론테 일가의 원고들을 빌려주거나 팔았는데 그중 장서가이자 문서위조범인 토머스 와이즈가 브론테 가족들의 원고를 손에 넣은 후 이 원고들을 멋대로 쪼개어 팔았다. 가뜩이나 내용 파악도 어려웠던 원고들이 영국과 미국 등 사방으로 팔려나갔다. 제일 커보았자 손바닥만 하고 손바닥의 10분의 1 정도로 작은 원고들까지 있어서 돋보기가 없이는 읽을 수도 없는 뭉치들의 정체는 밝혀지지 않다가 1941년 텍사스 대학의 도서관 직원 패니 래치퍼드의 연구로 비로소 브론테 남매들이 어린 시절에 쓴 원고 뭉치임이 세상에 알려지게 되었다.[11]

래치퍼드는 연구의 결론에서 이 조그만 책들은 "한 문학천재가 어떻게 성장하는지를 보여주는 가장 정확한 기록"이라고 했다.[12] 샬럿은 가족들이 다른 사람들과 교제할 동기가 없었고 함께 책을 읽고 공부하면서 서로 의지했다고 형제자매들과의 어린 시절을 회상했다.[13] 브론테 가족에게 글쓰기란 "비석을 세우거나, 찬송가를 부르는 일, 그리고 아마 애도까지 대신하는 일"이었다.[14]

브론테가의 형제자매들은 문화적으로 주변 마을 사람들과 고립되어 있었다. 그래서 자기들끼리 이야기를 읽고 짓고 함께 토론해왔던 삶이 그들의 창작활동에 결정적인 영향을 미쳤다. 아일랜드 출신이지만 케임브리지에서 공부하고 성공회 목사로서 영국의 시골 마을에 와서 평생을 보낸 아버지의 영향도 있었을 테고, 문학적인 재능을 보이는 글을 남기기도 한 어머니의 영향도 있었다. 어린 시절의 환상적인 이야기는 보물이 숨겨져 있던 돌문이 '열려라 참깨'라는 주문으로 움직이고, 손으로 문지르는 낡은 램프 이야기가 있는 『아라비안나이트』의 영향을 받은 것이라고 한다.[15] 그러나 아이들의 환상동화 같은 것이 오늘날까지도 여전히 세계인이 즐겨 읽는 명작소설로 발전해간 현상은 설명이 어려울 정도로 보기 드문 일이다.

세 자매의 모험

주로 아동소설 작가로 알려진 루이자 메이 올컷이 A. M. 바너드라는 가명으로 선정소설을 발표하기도 했다는 사실은 1940년대에 들어와서야 알려졌다. 1970년대에 와서는 그 소설들이 『가면 뒤에서: 루이자 메이 올컷의 숨겨진 스릴러들』(*Behind a Mask: The Unknown Thrillers of Louisa May Alcott*, 1975)로 출간되었다.[16] 브론테 자매들은 1846년 각자 이름의 머리글자를 따서 남자 이름을 지은 다음 『커러, 엘리스, 그리고 액턴 벨의 시집』(*Poems by*

Currer, Ellis, and Acton Bell)을 출판했다(제작비의 일부는 자비를 보탠 것으로 알려져 있다).

이 책을 출판한 후 용기를 내어 세 자매는 샬럿이 쓴 『교수』와 에밀리의『폭풍의 언덕』, 앤의『애그니스 그레이』(*Agnes Grey*)를 여러 출판사에 보냈다.『교수』는 거절당했고,『폭풍의 언덕』과『애그니스 그레이』는 각각 출판하지 않고 엘리스 벨이 쓴 3부작처럼 함께 출판하겠다는 제안을 받았다(『폭풍의 언덕』이 1부와 2부,『애그니스 그레이』가 3부였다). 샬럿은 다시 다른 출판사에 커러 벨의 이름으로『제인 에어』를 보냈고 이 책이 먼저 출판되어 베스트셀러가 되었다. 그후『폭풍의 언덕』이 상하권으로,『애그니스 그레이』가 한권으로 인쇄되어 한 세트로 출판되었다. 책은 두 사람의 필명으로 나오긴 했지만 1권의 속표지에는 '엘리스 벨의 소설, 총 3부'라고 되어 있는 등 조잡한 형태였다.

『제인 에어』의 갑작스런 성공은 세 자매들을 더이상 가명 뒤에서 숨어 살도록 내버려두지 않았다. '커러 벨'이라는 가명으로 출판된『제인 에어』를 두고 그 이름이 진짜 이름인지 필명인지, 작가가 남자인지 여자인지 궁금해하는 사람들이 늘어났다.『허영의 시장』(*Vanity Fair*)을 쓴 윌리엄 메이크피스 새커리 집의 가정교사가 쓴 소설이라는 소문도 돌았다. 급기야는 벨 형제가 한 사람이라는 소문마저 돌자 샬럿과 앤은 런던의 출판사로 가서 벨은 삼형제가 아니라 세 자매이고 각각의 작품을 쓴 저자는 다르다는 걸 밝혀야 했다.

브론테가의 삶을 들여다본 독자들이 히스클리프에게서 유일한 남자형제인 브랜웰을 떠올리게 되는 것은 자연스럽다. 브랜웰은 그림도 그리고 시도 썼으며(윌리엄 워즈워스와 토머스 드퀸시에게 시를 보냈다고 하며, 몇편은 간행되기도 했다) 앵그리아 이야기로 장편소설도 시도했으나, 천재적인 재능을 가진 여자 형제들과는 달리 별다른 재능을 발휘하지 못한 채 술과 마약을 하다가 서른한 살에 결핵으로 세상을 떴다. 1860년대에는 브랜웰이 실은 누이들의 소설이라고 알려진 소설들의 원작자이고 주정뱅이였던 누이들에게 그 공을 돌렸다는 가설도 나왔다.[17]

브론테 자매들의 소설들이 지금까지도 문학평론가들에게조차 제대로 이해받고 있는지 의문이지만 당대에는 더 센세이셔널했다. 그들의 작품은 여성을 신성시하던 기사도적인 사랑을 거부하고, 사회적 운명에 순종하지 않고 반항하고 분노하는 여성 주인공들을 내세웠다. 당시의 유행을 따르지 않은 이런 여성들을 내세웠다는 점에서 비판을 받기도 했다.

제인 에어는 사회적 운명에 순종하기를 거부하고 가부장적인 저택에서 도망쳤으므로 수용될 수 없는 존재였다. 그래서 샬럿은 "갱생되지 않은 미숙한 영혼을 의인화했다"든지, "사회의 어느 법에도 복종하지 않는, 사회와 유리된 외계인 같은" 작가라는 비난을 들어야 했다. 1948년에 이르러서야 "『제인 에어』는 명백한 페미니스트 논문이고, 여자 가정교사의 사회적 처우 개선과 여성의 동등한 권리에 대한 논쟁서"라는 평가가 나왔다.[18] 『폭풍의 언덕』은 더욱더 많은 논쟁을 불러일으켰다. 가증스럽고 혐오스럽지 않은 등장인물이 하나도 없는 이상한 책이라는 것이었다. 1970년대까지도 영국 소설에서 브론테 자매의 소설은 그 자리를 찾지 못했다. 그들은 이상심리를 그려보인 소설가로서 각주(footnote)에서나 자리를 찾을 수 있었을 뿐이라는 지적도 있다.[19]

어린 시절에 겪었던 어머니와 언니들의 죽음, 그리고 성직자였던 아버지와 목사관에서 살면서 사회와 어느 정도 거리를 둘 수밖에 없었던 삶이 브론테 자매들의 책을 당시의 사회관습이 씌웠던 굴레로부터 벗어나게 했고, 그래서 쉽게 이해되지 않는 소설이 탄생했을 것이다. 오직 책으로만 접했던 세상을 상상 속에서 조금 더 확장했을 뿐인데 당시의 어떤 소설보다도 사회조직과 관습 그리고 사회규범을 거부하는 내용이 담긴 결과물로 나왔다. 독자들은 지금 보기에도 여전히 새롭고 규범 파괴적인 내용에 매료당하지만, 평론가들은 예나 지금이나 기존의 틀에 들어오지 않는 브론테 자매의 소설들을 주류의 위치에 놓기를 망설이는 것 같다.

출판 이후 이렇게 많은 시간이 흘렀는데도 평론가들은 여전히 당혹한 모습을 보이지만, 세계의 많은 독자들은 평론가들의 당혹함과 상관없이 브론테 자매들에게 매혹당한다. 브론테 자매 소설의 매력은 어디서 오는 것일까.

버지니아 울프는 『폭풍의 언덕』에 사랑이 있지만 남녀 간의 사랑은 아니라고 했다. "마치 에밀리 브론테가 인간에 대해 우리들이 아는 방편들을 모두 찢어버리고, 대신이 알 수 없는 투명함에다 너무나 격렬한 생명을 불어넣어서 그들로 하여금 이 현실을 초월하게 만드는 것 같다." 샬럿에 대해 "인생의 문제들을 해결하려 시도하지 않는다. 그녀는 그러한 문제가 존재하는지조차 인식하지 않고 있다. 그녀의 모든 힘, 즉 억제되고 압축되었기 때문에 더 무시무시한 그 힘은 모두 '나는 사랑한다'와 '나는 증오한다'와 '나는 고통받는다'를 주장하는 데 들어갔다"고 언급하는 것과 대조적이다. 버지니아 울프는 에밀리가 샬럿보다 더 위대한 시인이기 때문에 『폭풍의 언덕』은 『제인 에어』보다 훨씬 이해하기 힘든 소설이라고 말하기도 했다.[20]

나의 경우 『폭풍의 언덕』이나 『제인 에어』를 중고등학교 시절 로맨스 소설처럼 접하긴 했지만 두 소설 모두 로맨스 소설로 받아들이기는 무리였다. 이 자매들이 정말로 하고자 한 이야기가 무엇이었는지 도저히 감이 잡히지 않았다. 그후로도 『폭풍의 언덕』을 여러차례 다시 읽었지만 그때마다 캐서린과 히스클리프를 이해하는 데는 실패했다. 한편 『제인 에어』는 버지니아 울프의 말처럼 『폭풍의 언덕』보다 이해가 수월하긴 했으나 『제인 에어』에서 로체스터가 다락방의 미친 여자 버사를 다룬 방식이 좀처럼 수긍되지 않았다.

지금에 와서 생각해보니 두 소설 모두 이해하려고 하지 않고 읽으면 더 쉽게 이해되는 소설들임을 알겠다. 죽음을 이겨내는 삶을 어떤 식으로든 그려내고 싶어했던 그들이 지극히 개성적으로 펼쳐 보인 이야기들이었다고 생각하면 될 것이기 때문이다. 그리고 내 생각에 브론테 자매라면 영국 소설에서 자신들의 위치가 어떠한지 따위의 논쟁에는 전혀 개의치 않을 것 같다. 대신 앵그리아와 곤달의 왕국에 영원히 자리 잡은 채 앵그리아의 왕과 곤달의 여왕의 영웅적이고 낭만적인 삶에 열광하는 그 나라 주민들의 환호를 즐기고 있지 않을까.

다락방의 미친 여자

그러나 '다락방의 미친 여자' 버사에 대한 의문은 여전히 해소되지 않는다. 1973년의 에이드리엔 리치를 비롯한 많은 평론가들이 '버사는 제인 에어의 숨겨진 분신'이라고 보았다.[21] 제인 에어가 어린 시절 '붉은 방'에 갇힌 것과 버사가 손필드장에 갇힌 것은 같은 경험이고, 결국 버사라는 존재와 그녀의 죽음이 사춘기적인 로맨스의 유혹으로부터 제인 에어를 지켜주었다는 것이다.[22]

이 부분에 대한 버지니아 울프의 지적은 재미있다. 버지니아 울프는 제인 에어와 버사의 숨겨진 관련성을 최초로 찾아내었다. 그녀의 탁월한 감각이 돋보이는 지적임에는 틀림없다. 그랬으면서도 그녀는 샬럿이 자신의 개인적인 비탄에 빠져서 그 관련성을 제대로 연결시키지 못하고 소설적으로는 어색한 단절 상태에 머물렀다고 했다.

손필드장에서 아직 로체스터와 맞닥뜨리기 전의 제인 에어는 로우드 학원에서 막 나와서 취업한, 세상에 대한 경험이 별로 없는 풋내기 가정교사였다. 비록 손필드장에서 조용한 환대를 받았지만 이따금 정원 안을 산책하거나 지붕 아래 방으로 가서 들창문을 쳐들고 지붕 위로 나가 멀리 떨어진 들판이나 언덕과 하늘과 산의 경계선 너머 앞을 보면서 지금껏 본 일이 없는 활기차고 분주한 세계나 도시를 볼 수 있기를 소망했다. 그럴 때면 오싹한 웃음소리가 자주 들렸는데 아직 버사의 존재를 모르고 있던 제인 에어는 그 웃음소리가 실제로는 버사를 돌보고 있던 그레이스 풀의 웃음소리라고 알고 있었다.

버지니아 울프는 『자기만의 방』에서 이 부분을 길게 인용하면서 점잖은 목사의 집에서 허용될 수 있을 정도의 경험을 가진 여성인 샬럿이 자신의 재능을 완전하고 흠없이 표현하지 못할 것이라는 사실을 알고 분노하고 있다고 했다. 샬럿은 경험과 교제와 여행이 자신에게 허용되었더라면 하고 탄식하면서 그만 응당 자신이 전념했어야

할 이야기를 내버렸고, 그래서 그레이스 풀과 맞닥뜨리는 부분에서 어색한 단절을 보여주고 연속성을 깨뜨렸다고 지적했다. 자신의 개인적인 비탄을 보살피느라 분노에게 상상력을 내어주어 빗나가게 했고 무지와 신랄함, 고통과 적의가 책들을 수축시켰다고 했다.[23]

당시 여성들에게 결핍된 점을 잘 알고 있었던 샬럿이 었으므로 버지니아 울프는 그녀가 그 한계를 이겨냈는지를 살펴보았는데, 샬럿의 상상력이 분노와 세상에 대한 지식의 부족으로 인하여 빗나가버렸다고 보고 안타까워했던 것이다. 제인 오스틴이나 에밀리 브론테가 주어진 한계 내에서도 자신의 재능을 완전하고 흠 없이 표현할 수 있었다면 샬럿은 그 한계를 넘어서지는 못했다고 지적하는 맥락과 통하는 부분이다.[24] 그러나 버사가 제인 에어의 분신이라는 점을 염두에 둔다면 샬럿은 완벽하게 스토리를 이어나가는 데 성공한 것이고 어색한 단절은 없었다고 에드워드 멘델슨은 지적한다. 버사의 죽음은 제인 에어가 감정적으로 성장하도록 했고 사춘기 시절의 로맨스의 유혹을 이겨내고 제인 에어를 성인기로 들어서게 하는 역할을 했기 때문이다.[25] 버지니아 울프가 최초로 제인 에어와 버사의 숨겨진 관련성을 찾아냈지만 샬럿의 의도를 제대로 파악하지는 못했다고 멘델슨은 주장한다.

한걸음 더 들어가『제인 에어』이야기를 '다락방의 미친 여자'의 눈으로 다시 쓴 진 리스(Jean Rhys)의 소설『광막한 사르가소 바다』(*Wide Sargasso Sea*, 1966)와 대비해서 보면『제인 에어』가 여성의 문화적 타자성을 포착하는 데는 어느 정도 성공했으나 서구문화가 다른 문화를 타자화시키고 있다는 점을 보여주는 데까지 나아가지는 못했음도 알 수 있다. 비록 로체스터가 버사를 구하기 위해 불타는 지붕으로 올라갔다가 심하게 다치고 손필드장이 불타버리는 것으로 설정되기는 했지만 샬럿이 식민주의의 모순까지 꿰뚫어 보는 데는 한계가 있었을 것이다. 이 한계에 대한 사유는 버사처럼 크리올(식민지에서 태어난 유럽계 자손을 가리키는 말이었으나 유럽계와 현지인의 혼혈을 부르는 말로 확대되었다) 어머니에게서 태어난 진 리스라는 뛰어난 작가가 나오기를 기다려야 했다.

진 리스는『제인 에어』를 처음 읽고 분노를 금치 못했다. 샬럿이 왜 크리올 여성을 광녀로 묘사했는지 이해할 수 없었기 때문이었다. 진 리스는 버사의 어린 시절부터 손필드장에서의 마지막까지를 새로운 이야기로 재구성해『제인 에어』의 한계를 뛰어넘고자 했다. 진 리스는 버사(소설에서 버사는 로체스터가 마음대로 개명한 이름이다. 실제 이름은 앙투아네트로 나온다. 로체스터가 버사라고 부르는 것은 이름마저 빼앗아 정체성을 말살하려는 시도로서 앙투아네트는 버사라고 불리기를 거부한다)와 그녀 주변의 인물들에게 목소리를 부여하여 『제인 에어』가 못다 한 이야기를 들려준다.

앙투아네트는 카리브해의 섬나라 자메이카에 있는 농장주인의 양딸로 많은 유산을 상속받게 되었다. 장자상속 때문에 유산상속의 길이 막힌 로체스터는 자메이카로 와서 앙투아네트와 결혼하지만 식민지에서 태어난 백인(크리올)인 앙투아네트는 자신보다 저급한 인종이라는 생각을 갖고 있어서 흔쾌하지는 않은 상태였다. 영국 순수혈통의 크리올이지만 '서글픈 이방인의 눈'을 가진 앙투아네트의 눈은 그를 당황스럽게 했다. 그러던 중 앙투아네트의 배다른 형제인 대니얼로부터 편지를 한통 받았다. 자신의 선조는 사악하고 혐오스러운 노예주였고, 자신의 가계에는 광기가 흐르며, 자신의 할아버지와 아버지는 광기로 발광하여 죽었다는 내용이었다. 그리고 앙투아네트의 어머니도 광기가 악화되어 감금되었다가 사망했다고 했다. 결국 앙투아네트는 영국으로 끌려와서 로체스터의 저택 손필드장의 다락방에 갇히게 되었고 서서히 미쳐갈 수밖에 없었다.

『제인 에어』의 결혼식 장면에서 브리그스라는 변호사가 결혼식에 나타나 로체스터에게 살아 있는 아내가 있다고 고발하자 로체스터는 있지도 않은 처를 내게 떠맡길 셈이냐고 하면서 결혼 사실을 부인했다. 브리그스는 버사(앙투아네트)의 양부의 아들이 쓴 증명서를 읽었고, 양부의 아들인 리처드 메이슨이 나타나 모든 것이 사실이라고 증명하여 결국 그날의 결혼식은 무효가 되었다.

로체스터는 결혼식장에서 두번이나 버사의 존재를 부인했고 더이상 부인하기 어렵게 되자 버사는 광녀이고 그녀의 어머니는 미치광이에다 술고래였는데 결혼하기 전까지는 이런 사실을 몰랐다고 소리 질렀다. 그리고 제인 에어에게는 버사와 4년 동안 함께 살았지만 술고래에 음탕하며 야비하고 타락한 인간성을 지녔다고 말했다. 그러다가 결국 발광해서 영국으로 데려와서 숨겨놓았던 것이라고 구구절절이 해명을 시도했다. 그러나 제인 에어는 '우리들은 고민하기 위해서, 참기 위해서 이 세상에 태어났으니 참고 나가라'는 말을 남기고 그의 곁을 떠났다. 그 뒤 집이 불타고 로체스터는 버사를 구하기 위해 지붕 위로 올라갔으나 버사는 지붕에서 뛰어내려 사망했다.

샬럿이 버사의 자리에서 생각하는 데는 분명 한계가 있었을 것이다. 샬럿은 로체스터의 관점에서 버사를 볼 수밖에 없었고 그러면서도 제인 에어가 '나는 하나님이 주시고 인간이 만든 법을 지키리라. 법과 도의는 가치가 있는 것이다'라고 속으로 외치면서 그의 곁을 떠나게 했다. 여기까지가 샬럿이 할 수 있는 최선이었을 터였다. 『제인 에어』에서 항상 이해할 수 없었던 로체스터와 버사의 모든 것이 『광막한 사르가소 바다』에서 비로소 온전히 드러났다. 앙투아네트가 제자리를 찾는 데는 무려 120년이 지나야만 했다.

빼곡한 묘비 위의 큰까마귀들

1999년 나는 영국에 몇달간 머무르게 되어 하워스에 가보고 싶었던 오랜 바람을 실천에 옮길 기회가 생겼다. 늦가을에 방문한 하워스는 스산했다. 버스를 타고 들어가는 입구에 로체스터라고 쓰인 낡은 호텔이 있었던 기억이 나고 언덕이 가팔랐다는 것뿐 『폭풍의 언덕』이나 『제인 에어』를 떠올릴 만한 특별해 보이는 풍경은 없었다. 인포메이션센터를 통해 B&B를 잡고 일찍 잠자리에 들었다.

그러나 다음 날 새벽 창밖을 통해 내다보이는 교회 마당의 풍경에 놀라지 않을 수 없었다. 묘비가 빼곡히 들어선 마당에 큰까마귀들이 수도 없이 모여서 잠을 자고 있었다. 큰까마귀들이 밤에 그곳에 모여서 죽은 자들의 영혼을 위로해주고 있는지도 몰랐다. 이 광경을 보지 않고는 히스클리프와 캐서린의 기괴한 사랑을 이해할 수 없을 것만 같았다. 교회는 1879년 새로 지어졌지만 "비석들이 끔찍할 정도로 빽빽이 들어찬" 교회 마당의 광경[26]에서 브론테 형제자매들이 왜 삶과 죽음을 분리시키려 하지 않았는지, 그들이 정령의 세계와 죽음의 그림자에서 왜 벗어나지 못했는지를 그대로 느낄 수 있었다. 버지니아 울프도 "묘비들이 달려들 듯이 땅에서 불쑥 솟아나 말 없는 군인들의 군대처럼 높이 똑바로 줄지어 서 있다. 한뼘만큼의 빈 공간도 없다"고 썼다.[27]

브론테 자매들이 살던 목사관은 여러번 수리를 거쳤으나 원래의 모습을 간직하고 있었다. 묘비들과 큰까마귀들을 보고 나자, 나는 목사관 내부로 들어가볼 필요를 느끼지도 못했다. 별다른 기대 없이 박물관으로 변한 목사관에 들어섰는데 그 안에서 작은 수첩만 한 크기의, 손으로 직접 제본한 책들을 보았다. 그 순간 마치 브론테 자매들의 진정한 삶을 들여다본 것 같았다.

버지니아 울프의 지적대로 브론테 자매의 소설들은 가정교사 소설이거나 점잖은 목사의 딸들이 할 수 있는 만큼의 경험이 바탕이 된 소설들이었다. 그럼에도 브론테 자매의 소설들이 여전히 사람들의 마음을 두드리는 이유는 무엇일까. 결국 형제자매가 어린 시절부터 만들어왔던 수많은 이야기들의 힘이 소설 속 이야기에도 영향을 미쳤기 때문은 아니었을까. 그들이 세운 가상의 왕국 앵그리아와 곤달이 그들에게 죽음으로 가득했던 현실 세계를 떠나 정령의 힘으로 소생하는 새로운 힘을 부여했듯이, 브론테 자매의 글을 읽는 독자들에게도 그 힘을 나눠주기 때문은 아닐까.

제인 에어는 손필드장의 지붕 위로 나가서 들어도 들어도 그칠 줄 모르는 상상력이 꾸며낸 이야기에 귀를 기울였다.[28] 그리고 그 상상력은 순전히 제인 에어를 창조해낸 작가 샬럿이 형제자매들과 함께한 어린 시절에 뿌리를 두고 있다는 것은 부인할 수 없다. 버지니아 울프가 "자신의 개인적인 비탄"이라고 지적한 것은 그래서 이야기의 연결상 단절이 있는지 없는지를 떠나서 적확한 지적이라 아니할 수 없다.

또한 에밀리가 쓴 『폭풍의 언덕』의 마지막에서 히스클리프와 캐서린의 정령이 폭풍의 언덕에서 만나는 것은 너무나 자연스러운 결말이다. 히스클리프가 죽은 후 고장 사람들은 그의 유령이 나온다고 성경에 걸고 맹세하고 비 오는 날 밤마다 두 사람의 유령을 보았다고 우기는 사람도 있었다. 소설의 화자인 넬리 딘은 천둥이 칠 것 같은 어두운 저녁 황야에서 울면서 가는 양치기를 만났다. 그 소년은 저기 산모퉁이에 히스클리프와 웬 여자가 있어서 무서워 지나갈 수가 없다고 엉엉 울었고 양들조차 지나가려 하지 않았다고 했다. 죽은 인물들이 정령의 마법으로 되살아나는 어린 시절 그들의 왕국 이야기가 고스란히 살아 숨 쉬고 있는 장면이다.

결국 이들의 작품은 어머니와 여자 형제들의 죽음을 이겨내기 위해 상상해낸 새로운 세계에서 벌어지는 갖가지 사건들을 자신들의 방식으로 옮겨 쓴 것이라고 말할 수밖에 없다. 그들의 환경과 교육을 돌이켜보건대, 정령의 마법이라는 말 이외에는 그들의 이야기를 설명하기 어렵다. 루이자 올컷의 『작은 아씨들』을 읽으면서 '조'가 되어보는 상상은 해봤지만『제인 에어』나『폭풍의 언덕』을 읽으면서 '제인'이나 '캐서린'에 빙의하기 쉽지 않았던 것은 그런 이유였던 것 같다.

산타클로스가 실존 인물이라고 믿고 있다가 언젠가는 주변의 어른들이 그 역할을 해왔다는 것을 알게 되면서 어린이의 세계는 약간 변질된다. 마찬가지로 책 속의 세상이 진실의 판박이라고 믿었던 시절을 벗어나 상상력이 지어낸 거대한 다른 세계라는 걸 알게 되면서 책을 보는 자세가 조금 달라지고, 작가가 상상한 세계와 자기가 상상한 세계를 비교해볼 수도 있게 된다. 소설 속의 인물 '조'가 아니라 소설을 지어낸 작가 '루이자'나 '브론테 자매'에 빙의하게 되는 것이다.

조를 보며 작가가 될 수도 있겠다는 꿈을 꾸기 시작할 때는 대체로 루이자와 조가 일치한다고 생각하기에 상상력의 거대한 힘을 의식하지 못한다. 하지만 폭풍이 몰아치는 벌판이 나오고 다락방의 미친 여자가 나오는 상상의 세계에 들어갔다 나오면 달라질 수밖에 없다. 꼭 새로운 세상을 그려보는 작가가 되어야겠다는 생각을 굳히는 사람도 있겠지만, 더이상 작가가 되기는 어렵겠다는 생각이 들 수도 있다. 상상의 세계가 현실의 세상에서 작동할 것이라는 믿음이 부서지면서 상상의 세계에 안주하거나 의지하려는 자신을 끌어내야 한다는 경계심이 작동하기도 할 것이다.

내 경우도 작가가 되고 싶다는 꿈은『제인 에어』나『폭풍의 언덕』을 읽으면서 좀더 복잡해지기 시작했다. 그들이 그려낸 것 이상의 상상의 세계를 보여줄 수 없을뿐더러 그런 상상의 세계가 현실에서 작동할 수 있을지, 작동한다면 어떤 방식일지, 과연 성공적으로 작동시킬 수 있을지 의심이 들었기 때문이었다.『작은 아씨들』의 독서에서 한 단계 더 성장한 셈이다. 최근에 번역되어 나온 캐나다의 작가 마거릿 애트우드의 책에서 그녀도『폭풍의 언덕』같은 로맨스 소설을 써서 자립해보려 했으나 자신은 그럴 수 없는 사람이라는 걸 깨닫고 말았다는 대목이 있어 흥미로웠다.[29] 브론테 자매가 보여주는 마법의 세상을 구경한 일은 읽고 있는 책과의 거리두기가 가능해지는 경험과 함께 비로소 왔다. 사춘기를 지나고 성인의 세상에 들어서는 것과 같은 경험이라고 할 수도 있을 것 같다.

버지니아 울프
미묘한 진실을 잡아채기 위해
그물을 던지다

어린 시절

1850년대부터 샬럿 브론테가 살았던 하워스 지역은 순례자들로 붐비기 시작했다. 버지니아 울프(Virginia Woolf, 1882~1941)도 1904년 하워스로 여행을 떠났다. 버지니아는 하워스와 브론테 가족이 껍질 속 달팽이처럼 꼭 들어맞는다고 했다.[1] 버지니아는 그 여행에서 "가장 애처로운 것은, 너무 애처로운 나머지 경건한 느낌도 없이 응시하게 되는 것은 사사로운 유품, 그 죽은 여자의 드레스와 신발이 담긴 상자다. (…) 덧없는 미물이기는 하지만 이런 것들이 남아 있기 때문에 샬럿 브론테라는 여자가 되살아나고, 그녀가 위대한 작가였다는 가장 기억할 만한 사실을 잊게 된다"[2]라는 글을 남겼다.

루이자 올컷이나 브론테 형제자매들처럼 버지니아도 1891년부터 1895년까지 매주 가족잡지를 만들었다. 버지니아는 켄싱턴 가든에서 한주에 한번은 1881년 창간된 영국의 주간지『팃비츠』(*Tit-Bits*)를 샀고 잔디밭에 앉아 초콜릿을 쪼개 먹으며 유머가 실린 난을 읽었다.[3] 그리고『팃비츠』를 흉내내어『하이드파크 게이트 뉴스』(*Hyde Park Gate News*)를 만들었다.[4]

『하이드파크 게이트 뉴스』가 월요일 아침에 어머니의 접시에 배달되면 어머니는 잡지를 펼쳐 버지니아가 쓴 글을 읽었고 친구에게 보내기도 했다. 그 글은 상상력이 풍부하다고 어머니는 말했다.[5]

1892년 11월 21일에 발간된『하이드파크 게이트 뉴스』45호에는 버지니아가 열살 때 쓴 기사가 있는데, 아버지가 글래드스턴이라는 경쟁자를 물리치고 런던도서관의 관장으로 일하게 된 것을 알리는 기사였다. 런던도서관은 시인 앨프리스 테니슨과 토머스 칼라일이 봉직했던 곳이기도 했다. 어머니가 뽐내기를 좋아하는 성품은 아닌데도 글래드스턴을 부관장으로 두고 일하게 된 남편을 보고 승리감에 도취되어 있다면서 그 여성을 용서하자고, 버지니아는 재치 있게 썼다. 글래드스턴씨는 일류 정치가이기는 하나 문필로서는 아버지를 당할 수 없다고도 썼다. 버지니아의 이 글에서 훗날 소설의 새로운 장을 펼쳐 보이게 될 위대한 작가의 싹을 찾아보는 것도 재미있을 것 같다.

잇따른 죽음

울프가의 가계는 다소 복잡하다. 버지니아의 아버지(레슬리 스티븐)와 어머니(줄리아 스티븐)는 각자 결혼해서 아버지는 딸 하나를, 어머니는 딸 하나와 아들 둘을 키우고 있었다. 두 사람이 결혼하여 다시 딸 둘, 아들 둘을 낳았는데 그중 둘째 딸이 버지니아다. 즉 그들은 4남 4녀를 두었고 버지니아는 그들의 일곱번째 자녀였다. 그러나 위의 네 자녀와는 열살 이상 차이가 나는지라 아래 네 아이는 따로 맨 꼭대기 층에서 두명의 유모의 손에 맡겨져 자랐다. 아버지의 전처 소생인 로라는 발달장애를 앓고 있어서 처음에는 아버지, 어머니와 함께 살기도 했으나 1890년대부터 정신병원에 머물렀다.

그들 가족은 1894년까지의 여름을 영국의 남서쪽 끝에 있는 세인트아이브스의 탈란드 하우스에서 지냈다. 그곳은 아버지가 도보여행 중에 발견해서 빌린 것으로 세인트 아이브스 해안을 굽어보는 집이었다.

1939년 쉰일곱살의 버지니아는 『지난날의 스케치』(*A Sketch of the Past*, 1940)를 쓰기 시작할 때 이곳에서의 기억을 첫번째로 떠올린다. 세인트아이브스로 가는 길인지 런던으로 돌아오는 길인지, 기차인지 마차인지는 확실하지 않으나 어머니의 무릎에 앉아 있던 기억이다. 이어서 "세인트아이브스의 아이 방 침대에 누워 파도가 하나둘 하나둘 부서지며 해변에 밀려오고 노란 블라인드 뒤에서 하나둘 하나둘 부서지는 소리를 들었던 기억"과 "바람이 블라인드를 휘날리며 바닥의 작은 도토리를 끌어가는 소리를 들었던 기억"을 떠올린다. 그다음으로 떠올리는 기억은 바닷가로 내려가다 걸음을 멈추고 정원을 내려다본 순간이다. "벌들이 윙윙거리고, 붉고 노란 사과가 매달려 있고, 분홍색 꽃도 피어 있고, 회색과 은색 나뭇잎들이 흔들렸다."

그러나 탈란드 하우스의 기억 속에 그처럼 황홀한 환희의 감각만 있는 것은 아니었다. 버지니아가 아주 어렸을 때 둘째 오빠(어머니가 전남편과의 사이에서 낳았던 오빠) 제럴드 더크워스가 식당 문 앞의 판석에 앉히고 성추행을 했던 기억을 버지니아는 떨칠 수 없었다. 현관에 놓여 있던 거울을 보며 느낀 수치심은 이후 거울을 볼 때마다 지속되었고 꿈에서도 거울 속에서 무시무시한 얼굴이 어깨 위로 불쑥 나타났다.[6]

1895년 독감에 걸렸던 어머니가 건강을 회복하지 못하고 사망하자 탈란드 하우스는 더이상 여름 여행지가 될 수 없었다. 어머니의 죽음은 버지니아에게 첫번째 신경쇠약을 안겨주었다. 맥박이 너무 빨라지고 흥분 상태에 들어갔다가 극심한 우울증에 빠지곤 했다. 집안의 주치의는 버지니아에게 공부를 그만하고 밖에 나가 운동할 것을 권했고,『하이드파크 게이트 뉴스』도 중단되었다.

버지니아의 병명은 지금으로서는 양극성장애로 알려져 있지만 당시에는 정확하게 알려지지도 않았고 휴식과 진정제 외에 다른 치료 방법이 없었다. 버지니아는 건강이 회복되어가자 1897년 1월 1일부터 일기를 쓰기 시작했다. 집안에서 펼쳐지는 일상이 상세하게 기록되었다. 이부오빠들인 조지와 제럴드는 직장으로 가고 언니 버네사가 미술학교에 가고 나면 버지니아는 아버지의 서재에서 책을 꺼내 읽거나 그리스어 개인교습을 받았다.

어머니의 죽음 후 어머니가 하던 역할은 맏딸인 스텔

라 더크워스에게 맡겨졌다. 고작 버지니아보다 열살 더 많았던 스텔라는 모든 집안일을 떠맡아야 했다. 조지와 제럴드에게는 혹평을 퍼부은 버지니아도 스텔라에 대해서는 더크워스 가족의 속물성이라는 오점에서 완전히 벗어난 진실성을 지녔다고 평했다.[7] 1897년 4월 스텔라는 잭 힐스와 결혼해서 집을 떠났지만 아버지의 요구로 가까운 곳에 집을 얻었다. 그러나 2주에 불과한 신혼여행에서 돌아오자마자 맹장염에 걸렸고 석달간 간간이 앓다가 결국 세상을 떠났다.

　1897년 스텔라가 죽고 1904년 아버지가 돌아가실 때까지 7년간 버네사와 버지니아는 아버지의 이상한 성격의 폭발에 어떤 보호막도 없이 완전히 노출되어 있었다.[8] 아버지는 수필가이며 비평가, 편집인, 전기작가, 철학사가였다. 그가 쓴 『18세기 영국사상사』(The History of English Thought in the Eighteenth Century)는 걸작으로 평가받았으며, 『영국 인명사전』(Dictionary of National Biography)의 첫 편집자였다. 아버지는 케임브리지 대학 출신 지식인들의 전형적인 유형이었지만 거기에 더해 난폭한 기질이 있었다. 어릴 때부터 발현되었던 이 성정은 신경쇠약으로 병약하다는 이유로 용서받았고, 고쳐지지 않았다.

말년에는 자신이 실은 일류에 속하지 않는다는 자각으로 낙담했고 점점 더 자기중심적 태도를 가지게 되었다.[9]

버네사와 버지니아가 집안일을 물려받았을 때 아버지는 폭군이었다. 자기연민에 빠져 있었고 사랑과 증오를 번갈아 부르는 아버지였다. 버지니아는 야수와 한 우리에 갇혀 있는 기분이었다고 했다. 버지니아는 자신을 불안해서 우리 안을 배회하는 원숭이에 빗대면서 아버지는 '천천히 어슬렁거리는 위험한 사자'에 빗대었다.[10]

버지니아는 아버지가 여자들에게 의존했다고 설명하기도 했다. 자신의 연기를 봐줄 여자, 자기에게 공감하고 위로해줄 여자가 늘 필요했다는 것이다. 철학자로서 실패했음을 의식했고 그 실패가 그를 좀먹었다고 했다. 그래서 다른 사람들 앞에서는 자기비하적이고 겸손한 사람처럼 행동했지만 집안의 여자들에게는 수치심 없이 찬사를 요구하고 강요했다.[11] 노예이자 천사인 역할을 딸들이 받아들이지 않으면 격렬한 분노를 터뜨렸다. 버지니아는 아버지가 고립되고 자신의 감옥에 갇혀 있었음을 예리하게 지적하면서 그 시간들을 '그리스 노예의 시간'이라고 이름 지었다.

그러나 아버지에 대한 감정은 '분노와 사랑이 번갈아

요동치는 감정'이었다. 아버지는 버지니아가 읽고 있는 책을 어깨 너머로 들여다보며 무엇을 읽는지 물어보기도 했고, 나이에 어울리지 않는 책을 읽고 있을라치면 놀라워하고 기뻐하기도 했다. 버지니아는 그럴 때면 우쭐하고 의기양양했다고 회상했다.[12] 두 사람 사이에 어딘가 공통점이 있었다는 것이다. 아버지는 아무리 불편한 상황에서도 자신이 생각하는 바를 정확히 말할 것이라는 신뢰를 받았고, 그의 말은 정중하게 경청되었다. 아버지는 점점 더 귀가 안 들리게 되면서 지성에 지배당하는 위층 서재의 세계에 머물러 있었다.

이 시절 버지니아의 또다른 난관은 이부오빠 조지로부터 왔다. 버지니아보다 열여섯살이나 위였던 조지는 외교부에 들어가려고 여러차례 시도했으나 실패하자 재무부에 다니고 있었다. 버지니아는 조지가 180센티미터의 키에 완벽한 신체조건을 갖추었으나 머리가 모자랐고 감정적이었다고 회상했다. 그는 저녁에 아래층의 응접실에서 펼쳐지는 중상층 세계의 범주를 벗어나려는 본능도 능력도 없었으며 가부장적 위계조직을 지닌 직장에 잘 적응한 끝에 예순살까지 일할 수 있었고 아내와 나이트 작위, 세 아들, 시골 저택을 가질 수 있었다고 했다.

조지는 버네사와 버지니아를 자상하게 돌보아주는 오빠 같았지만 공공연하게 성적 관심을 표했으며, 버네사가 죽은 스텔라의 남편 잭 힐스와 사랑에 빠지자 질투심을 드러내기도 했다. 런던의 사교 시즌이 시작되면 일주일에 서너번씩 저녁식사 후 버네사와 버지니아를 런던의 사교계에 데리고 다녔던 조지는 버네사와 버지니아가 파티에서 실패하면 이기적이고 속이 좁다며 신랄하게 비판했다. 춤을 추지 못하여 파트너 없이 서 있으면서 "그 굉장한 구경거리를 관찰하는 의식, 내가 훗날 쓸모가 있을 것을 보고 있다는 냉정하고 분리된 의식"이라는 좋은 친구를 만난 것이 버지니아에게는 그나마 위로였다.[13] 버지니아는 지성에 지배당하는 위층과 달리 아래층은 오로지 관습에 지배되었다고 평했다.

1904년 2월 아버지가 대장암으로 투병하다 세상을 떠난 후 버지니아는 5월에 다시 정신착란을 일으키고 자살을 시도했다. 주치의는 버지니아에게 런던을 떠나 있을 것을 권유했고 버지니아는 요크셔 지방으로 전지요양을 갔다. 그 기회에 브론테가가 살았던 하워스의 목사관을 방문했고, 그 글이 『가디언』에 실려서 이후 『가디언』에 종종 기고할 수 있었다. 버지니아가 집을 떠나 있는 동안 가족들은 하이드파크 게이트의 집에서 블룸즈버리의 고든 스퀘어 46번지의 집으로 이사했다. 둘째인 제럴드가 독립하기로 하여 두 자매와 조지, 토비, 에이드리언만이 남게 될 예정이었다. 다행히 조지가 카나번 백작의 딸과 결혼하여 함께 살지는 않아도 되었다.

새로운 세계를 열어준 블룸즈버리그룹

'블룸즈버리그룹'이라는 전무후무했던 20세기 초의 모임은 1905년 2월 16일 케임브리지 대학에 다니던 토비가 친구 색슨 시드니 터너를 고든 스퀘어 46번지에 데려오면서 비롯되었다. 그후로 토비는 목요일 저녁마다 친구들을 데려왔다. 1899년 케임브리지의 트리니티 대학에 입학한 토비는 '밤의 사회'라는 서클을 만들어서 토요일 밤에 모여 시를 낭송했다. 멤버는 클라이브 벨, A. J. 로버트슨, 리턴 스트레이치, 색슨 시드니 터너, 레너드 울프였다. 1900년 6월 토비는 버네사와 버지니아를 트리니티 대학의 무도회에 데리고 갔고 그곳에서 버네사는 훗날 결혼하게 될 클라이브 벨을 만나기도 했다.

더 거슬러 올라가면 1820년부터 케임브리지에는 '케임브리지 간담회'라는 비밀집회가 있었다. 모임의 회원들은 예수의 열두제자를 부르던 방식을 본떠 '사도들'(apostles)이라고 불렸다. 그 모임은 성적이나 논문이 우수한 신입생들을 1년 동안 관찰하여 매년 세명 이하의 회원들만 뽑았다. 그리고 주로 문학과 철학에 관한 연구 논문을 읽고 토론했다. E. M. 포스터, 로저 프라이, 데즈먼드 매카시, 버트런드 러셀, 앨프리드 노스 화이트헤드, G. E. 무어 등이 선임 멤버로 활동 중이었고 훗날 버지니아와 결혼하는 레너드 울프는 1902년부터 색슨 시드니 터너, 리턴 스트레이치 등과 함께 멤버가 되었으며, 이듬해에는 존 메이너드 케인스도 멤버가 되었다. 버지니아의 아버지의 경우 형제들은 멤버였으나 본인은 멤버에 들지 못하여 아쉬워했고 버지니아의 남자 형제들인 토비와 에이드리언 역시 멤버가 되지 못했다.

레너드 울프, 색슨 시드니 터너, 리턴 스트레이치, 존 메이너드 케인스, E. M. 포스터, 로저 프라이, 데즈먼드 매카시는 대학을 졸업한 후 런던에서 다시 케임브리지 간담회와 유사한 모임을 이어나가기 위해 블룸즈버리로 왔다. 그들은 1905년 3월부터 목요일 저녁이면 블룸즈버리의 고든 스퀘어 46번지로 와서 자정이 지나도록 시를 읽고 철학을 논하는 모임을 계속했다. 그들의 목표는 새로운 형식의 예술작품을 창조해서 후대에 길이 영향을 미치는 것이었다.

버지니아는 처음에는 그 모임의 참석자들을 무기력한 사람들이라고 생각했다. 그들은 과묵했고 답답했다. 그러나 일단 예술과 아름다움에 관한 대화가 시작되면 버지니아가 한번도 들어보지 못한 수준의 이야기들이 오갔다. 버지니아는 그들의 대화를 들으면서 그녀가 받을 수 없었던 대학교육의 중요한 요소들을 직접 경험할 수 있게 되었다.

비록 그 이전부터도 버지니아는 『가디언』이나 『런던타임스』에 글을 쓰고 몰리 대학의 야간학교에서 강의하기도 했지만, 금기와 한계를 부인하는 블룸즈버리그룹에서의 대화는 버지니아에게 큰 영향을 미쳤다. 버지니아는 그들이 버네사와 자신의 두뇌를 쓸 수 있게 만들었고 자신들의 삶과 성격에 엄청난 영향을 미쳤다고 말했다.

그들은 버네사와 버지니아가 어떤 식으로 옷을 입었는지, 멋져 보이는지에 대해서는 전혀 신경을 쓰지 않았고 오로지 논지를 정확하게 전달했는지만을 문제 삼았다. 조지와 친척들은 블룸즈버리그룹의 멤버들이 사교계와 동떨어진 옷차림과 매너로 자매들을 망치고 있다면서 그들과의 교제를 끊고 사교계의 사람들과 만나야 한다고 주장했지만 버지니아는 자신에게 새로운 세계를 열어준 블룸즈버리그룹의 일원으로 남기를 포기하지 않았다.

그러나 비극은 1906년 9월에 버지니아를 강타했다. 버네사와 토비, 버지니아와 에이드리언은 가족의 친구였던 바이올렛 디킨슨과 그리스로 여행을 떠났다. 여행 중에 버네사가 병이 나더니 영국에 도착했을 때는 일행 다섯 명 중 세 명이 이미 위독한 상태였다. 티푸스에 걸렸던 것이다. 티푸스에 걸린 바이올렛은 자기 집으로 갔고 버지니아는 버네사와 토비를 간병해야 했다. 가족의 주치의는 토비가 열이 나는 원인을 찾지 못하다가 시기를 놓쳐 토비는 결국 11월 20일 스물여섯의 나이로 사망했다. 버지니아는 바이올렛에게 쓴 편지에서 온 세상이 무너지고 폐허만 남은 것 같다고 했다.

다르게 사는 대신에 글을 쓰다

"어머니의 강인함과 아버지의 박식함을 물려받은"[14] 버지니아였기에 어머니와 아버지가 미친 영향은 그만큼 컸다. 버지니아 울프는 자신의 소설 중에서도 가장 뛰어난 소설로 꼽히는『등대로』(To the Lighthouse, 1927)와 가장 큰 상업적인 성공을 가져다준『세월』(The Years, 1937)에서 부모를 완벽하게 되살림으로써 자신과 부모와의 관계를 비로소 정립할 수 있었다.

『등대로』는 "마흔네살이 된 울프가 중년이 된 부모의 초상을 그림으로써 부모와 대면한" 작품이다.[15] 당시에 영어판만도 50만부 이상이 팔렸다. 도리스 레싱은『등대로』를 "가장 잘 쓰인 영어 소설 중 하나"라고 했다. 버네사는『등대로』를 읽고 고통스러움을 느꼈다. 소설 속 어머니의 모습이 자신이 생각해오던 어머니의 모습보다 더 생전의 모습에 가깝다고 느꼈고 아버지 또한 선명하게 그려냈기 때문이었다.

『등대로』는 스코틀랜드 서북쪽의 섬이라고 추측되는 별장에서 철학교수 램지씨 부부가 여덟명의 자녀와 몇몇 손님들과 함께 여름을 보내는 1부와 가족 중 세 사람이 죽게 되는 10년의 세월을 짤막하게 보고하는 2부, 그리고 10년이 흐른 후 램지 교수와 남은 가족들, 일부 손님들이 다시 섬을 방문하는 이야기를 담은 3부로 구성되어 있다. 1부에서 램지 교수의 작은 아들 제임스는 등대로 가고 싶어하지만 날씨가 나빠서 못 가게 되고 손님 중의 한명인 릴리 브리스코는 그림을 완성하지 못하는데, 3부에서 제임스는 아버지와 등대에 도착하고 릴리 브리스코는 그림을 완성하게 된다. 줄거리랄 것도 없는 줄거리지만 등장하는 인물들은 세인트아이브스의 탈란드 하우스에 머무르던 버지니아의 가족들과 그곳을 방문한 손님들의 생생한 복사판이다.

소설 속의 램지 교수는 등장인물 중의 한명으로부터 '우리 시대의 가장 위대한 형이상학자'라는 평가도 받지만 자신은 실패자라고 늘 되풀이하면서 '남의 기분 따위는 전혀 고려하지 않고 진실만을 추구하며 문명사회의 예절이란 베일을 잔인하게 찢어버리는' 사람이었다.[16] 비상한 두뇌를 가졌으나, 인간의 사상을 알파벳처럼 스물여섯 개의 문자로 단계 지을 수 있다면 Z까지는 도달하지 못했고 Q 정도에 도달했다고 자신을 냉정하게 평가했다. 램지 교수의 부인은 '매혹적이지만 다소 불안스러운' 사람으로 비쳐졌다. 황급한 옷차림이지만 자신의 아름다움을 돋보이게 하는 격에 맞는 요령으로 옷을 입고, 고집이 있고 명령하는 방식으로 사람들을 휘어잡기도 했다. 두 사람은 버지니아의 부모와 판박이인 인물들이었다.

램지 교수 부부의 결혼생활은 "충동적이고 민첩한 행동의 아내, 그리고 자주 몸서리치거나 우울감에 쌓이던 남편"의 생활이었다. 아침 식탁에서 램지 교수가 우유 속에 집게벌레 한마리가 빠진 것을 발견하고 그릇째 집어들어 테라스로 팽개쳐버려서 온 집안이 들썩거리기도 했다. 그런 다음 남편은 부인 주변을 돌면서 그녀의 환심을 사려고 노력하지만 부인이 계속 거리감을 유지하면 램지 교수는 갑자기 눈벌판에서 포효하는 늑대의 울부짖음과 같은 목소리로 아내의 이름을 부르기도 했다.

버지니아가 아버지의 난폭한 기질 때문에 고통받았던 것처럼 램지 교수의 어린 아들 제임스나 램지 교수의 부인도 램지 교수 때문에 고통받았다. 그는 제임스가 등대에 가고 싶어하는 마음을 날씨가 좋지 않을 거라는 이유로 묵살하면서 아내를 조롱하고 자기 판단의 정확성을 자랑하여 아내와 제임스를 힘들게 했다. '그는 누구의 즐거움이나 편리를 위해서 불유쾌한 단어를 딴말로 바꾸는 일'을 결코 하지 않는 사람이었다.

램지 부인은 버지니아가 「여성의 직업」(*Professions for Women*, 1931)이라는 에세이에서 묘사한 '집안의 천사'였다. 집안의 천사는 강한 공감력을 가지고 있고 대단히 매력적이며, 이타적이어서 매일매일 자신을 희생한다. 자기 나름의 마음이나 소망은 전혀 없고 언제나 다른 사람의 마음이나 소망에 공감하도록 생긴 여자이며 자기 나름의 마음이 있다는 것을 누구도 알아차리지 못하게 숨기는 여자다. 빅토리아 여왕 치세의 말기에는 집집마다 천사가 있었다면서 버지니아는 유명한 남자의 소설을 논평하려는 자신에게 집안의 천사가 다가와서 "얘야, (…) 공감을 보이렴. 다정하게 대하고. 아첨도 하고 속이려무나. 우리 여성의 온갖 기교와 간계를 발휘하렴. 네게 자기 나름의 마음이 있다는 사실을 누구도 알아차리지 못하게 하려무나. 무엇보다도 순결해야 해"라고 속삭인다고 했다. 버지니아는 몸을 돌려 그녀를 보고 그녀의 목을 움켜잡아 온 힘을 다해 그녀를 죽였다. 그러지 않았다면 그녀가 자신을 죽였을 것이기 때문이었다.[17]

집안의 천사는 여자가 인간관계나 도덕, 성에 관하여 자유롭고 솔직하게 다루어서는 안 된다면서 성공하려는 여자는 매혹하고 회유하고 거짓말을 해야 한다고 주장한다. 버지니아는 그녀의 그림자가 원고지에 드리울 때마다 잉크병을 들어 그녀를 죽여야 했고 그녀를 해치웠다고 생각할 때마다 그녀는 늘 되돌아왔다고 했다.

『등대로』의 등장인물 중 한명인 릴리의 눈에는 램지 부인이 휴식시간일 때에야 비로소 자기 자신에게로 돌아가는 사람으로 보였다. 그리고 그 순간은 적어도 비상하게 비옥한 듯이 보였다. 마치 모래밭에 구멍을 파서 그 순간의 완벽을 묻어 보존하거나 한 것 같았다.[18] 집안의 천사가 잠시라도 자신이 되는 시간은 이렇게나 소중하고 완벽한 순간이었다.

『등대로』로부터 10년 뒤인 1937년에 발표된 『세월』에서 버지니아는 어머니의 죽음을 생생하게 묘사했다. 어머니와 아버지의 죽음을 차례로 겪은 다음 각자의 삶을 살아가고 있는 파지터가의 칠남매 이야기는 버지니아의 형제자매들을 연상시킨다. 소설 속 어머니의 죽음은 버지니아가 『지난날의 스케치』에서 회상한 어머니의 죽음과 그대로 일치한다.

버지니아는 이부오빠 조지에 이끌려 어머니의 침실에 들어갔으나 '난 아무 느낌도 없어'라고 속으로 외쳤다. 그러고는 고개를 숙여 어머니의 얼굴에 키스했다. 어머니의 얼굴은 아직 따뜻했다. 조금 전에 눈을 감으신 것이었다.[19]

　버지니아는 『세월』에서 파지터가의 딸 델리아를 통해 자신이 어머니의 죽음을 겪으면서 느낀 심정을 묘사했다. 델리아는 가족들을 따라 어머니의 침실로 향했으나 사람들이 너무 많아 문지방에서 더 들어갈 수 없었다. 그녀는 복도 끝에 있는 작은 창문을 보았다. 비가 내려서 빗방울들이 한방울 한방울씩 유리창을 따라 흘러내렸다. 잠시 동안 흘러내리던 빗방울들이 멈추더니 다시 흘러내렸다. 이것이 죽음인가 하고 델리아는 자문했다.[20] 흘러내리는 빗방울은 다른 빗방울과 합쳐져서 유리창 아래까지 굴러 내려갔다. 흙더미가 어머니의 관 위로 떨어지는 걸 보면서 그녀는 "영원한 어떤 것에 대한 느낌, 죽음과 혼합된 삶, 생명이 되는 죽음의 느낌"에 잠시 사로잡히기도 하지만, 경직되어 있는 아버지의 모습을 보면서 충동적으로 크게 웃어버리고 싶다고 생각했다. '그는 지나치게 과장하고 있는 거야' '우리는 모두 그런 척하고 있는 거지'라고도 생각했다.[21]

　어머니의 죽음 이후 파지터가의 큰딸 엘리너는 아버지의 수표를 받아서 식료품을 사고 사회봉사 모임에 참석하고 아버지의 심부름을 하는 등 바삐 살아갔다. 마치 어머니의 죽음 그리고 스텔라의 결혼과 죽음 이후의 버네사와 버지니아의 삶과 유사했다. 소설에서 아버지의 죽음은 "아버지가 세상을 떠났다"는 엘리너의 한마디로 간단히 처리되었다. 엘리너는 아버지의 죽음 이후의 삶에 대해서 졸면서 생각했다. "이제 난 무엇을 할까?"[22] "여행을 할까? 드디어 인도로 갈까?"[23]

엘리너는 인도를 다녀왔고 온 세상을 돌아다녔으며 새로 만든 샤워기가 달린 욕실이 있는 아파트에 살았다. 조카딸 페기가 "고모가 젊었을 때에는 억눌려 지내셨나요?"라고 물었으나 그녀는 아무 말도 하지 않았다. '나는 내 과거로 돌아가고 싶지 않아. 나는 현재를 원해'라고 그녀는 생각하고 있었다.[24]

『세월』은 엘리너의 여동생인 델리아의 집에서 열린, 밤을 새우는 파티로 막을 내렸다. 흩어졌던 형제자매들은 물론 조카들, 친구들이 모두 모여서 끝없이 자신들의 지난 인생을 떠올리고 다가올 세상을 얘기하지만 엘리너는 '내 인생은 다른 사람들의 인생이었다'고 생각했다.[25] 페기가 엘리너에게 고모는 왜 늘 다른 세상에 대해 말할 뿐이 세상에 대해서는 말하지 않는 거냐고 물었다.[26] 페기는 오빠인 노스에게도 "오빠는 시시한 책을 한권 쓰겠지. 그리고 나서 또다른 시시한 책을 쓰겠지. 사는 대신에… 다르게, 다르게 사는 대신에"라고 비난조로 말하기도 했다.[27] 파티는 태양이 떠오를 때까지 계속되다가 다들 헝클어진 차림으로 흥겨워하며 작별인사를 나누면서 끝났다.

'다르게 사는 대신에 시시한 책을 한권 쓴다'는 말은 버지니아가 스스로에게 하고 싶었던 말이었는지도 모르겠다. 버지니아는 다르게 사는 대신 늘 다른 책을 써냈다. 버지니아는 『등대로』를 출간하고 난 1년 후인 1928년의 일기에서 아버지가 살아 있다면 아흔여섯이었겠지만 다행스럽게도 살아 있지 않다고 썼다. "아버지의 삶이 내 삶을 망쳤을 것이다. (…) 글을 쓸 수도 없었겠고, 책을 낼 수도 없었겠고…"[28]

그러나 수년 후 아버지 탄생 100주년 기념일에 『타임스』에 기고한 글 「집안의 철학자 레슬리 스티븐: 딸의 회상」(Leslie Stephen, 1932)에서 버지니아는 아버지에 대한 따뜻함이 깃든 회상을 펼쳐 보인다. '태양신 아폴로'가 '슈레크호른산(남부 알프스에 있는 산)의 여위고 고적한 사람'으로 변해버린 이모저모였다. 독서에 관해 아버지로부터 배운 유일한 교훈은 "좋아하는 책을 좋아하기 때

미묘한 진실을 잡아채기 위해 그물을 던지다 **105**

문에 읽는 것, 찬탄하지 않는 책을 찬탄하는 척하지 않는 것"이고, 글쓰기에 있어서의 유일한 교훈은 "되도록 명료하게 의도하는 바를 정확히 쓰는 것"이었으며 "나머지는 스스로 배워야 한다"는 것이었다.[29]

버지니아는 『세월』에서 아버지의 죽음 이후 엘리너에게 자유를 선사했다. 자신은 병과 토비의 죽음으로 온전한 자유를 만끽하지 못했지만 글쓰기라는 무기를 가지고 집안의 천사와 대적할 수 있었다. 그러나 엘리너에게만은 상상 속의 자유나 글쓰기 속에서의 자유가 아닌 온전한 자신으로 살 수 있도록 하는 진짜 자유를 선사하고 싶었던 심정은 상상이 되고도 남는다. 소설 속에서 엘리너가 누리는 자유를 버지니아도 함께 즐겼을 것임이 틀림없다.

인생은 의식이 담긴 반투명의 봉투

버지니아가 정치적 작가인지, 페미니즘 작가인지, 모더니즘 작가인지에 대해서는 여러가지 엇갈린 평이 있다. 그러나 어떤 하나로 버지니아를 규정지을 수는 없을 것이다. 버지니아는 한 에세이에서 "인생은 균형 있게 열을 맞추어 늘어선 일련의 마차등(gig-lamps)이 아니다. 인생은 빛나는 광배(a luminous halo)요, 우리 의식의 처음부터 끝까지를 감싸고 있는 반투명의 봉투(a semi-transparent envelope)다"라면서 "이 다양하고 알 수 없고 제어되지 않은 정신을 (…) 이질적이거나 외적인 것은 될 수 있는 대로 섞지 않은 채 전달하는 것이 소설가의 임무"라고 쓴 적이 있다.[30] 도리스 레싱은 이 구절을 따서 "버지니아 울프는 문학을 위해 그녀의 전 생애로 실험했다. 그녀가 본 삶에 대한 미묘한 진실을 잡아채기 위해 그녀의 소설들을 그물망으로 삼았다. 그녀의 '스타일들'은 삶을 '빛나는 봉투'(the 'luminous envelope')로 만들기 위해 그녀의 감성을 이용하려는 시도였다"고 했다.[31]

버지니아의 봉투에 가장 많이 담긴 것은 가까운 이들의 죽음일 것이다. '집안의 천사'인 어머니의 죽음을 필두로 '집안의 천사'로서의 지위를 물려받은 언니 스텔라의 죽음, '위험한 사자'인 아버지의 죽음도 견디기 어려웠는데 연이어 닥친 오빠 토비의 갑작스러운 죽음은 버지니아에게 감당하기 어려운 일이었다.

버지니아는 토비의 죽음을 항상 그리스 비극과 연결시켰다.[32] 버지니아는 토비가 죽은 후 집 앞 광장 주위를 돌다가 거대한 맷돌 두개와 그 사이에 끼인 자신을 보곤 했고, 이 광경에서 그녀는 인생을 '극한적 실체' 같은 것으로 생각하게 되었다고 회상했다.[33]

버지니아는 자신보다 두살 위인 토비를 예리하게 의식해왔다. 어릴 때의 토비는 영리하지 않았고 이야기를 재미있게 잘하는 것도 아니었으며 행동이 어설프고 서툰 뚱뚱한 꼬마였다. 그러나 토비는 버네사, 버지니아와 함께 이룩한 세계를 지배하며 이끌었고 어른들에게도 만만하지 않게 굴었다. 열일곱살의 토비도 영리하지는 않았지만 지적 능력이 있었고 타고난 재능이 있었다.[34]

『지난날의 스케치』에서 버지니아는 스텔라가 죽을 당시 열입곱살이던 토비를 상세하게 묘사하려 시도한다. 딸들은 학교에 보내지 않아서 방에 틀어박혀서 격리되어 살아가던 버지니아에게 토비는 학교 이야기를 즐겁게 해주었다. 버지니아는 그 이야기에 순진하게 귀를 기울이면서 꼬치꼬치 캐묻고 반론을 제기했다. 혼자서 셰익스피어의 작품을 다 읽은 토비는 셰익스피어에 대하여 버지니아와 논쟁을 벌였고 논쟁에서 버지니아는 형편없이 압도당했다. 종종 셰익스피어 외에도 수많은 것들에 대해 논쟁을 벌이면서 화를 내기도 했지만 서로에게 경탄하고 매료되었다. 버지니아는 만일 토비가 공적인 일을 했다면 판사로서 몇권의 저서를 출판했을 것이라고 했다. 그는 유명인사가 되었을 테지만 걸출한 인물은 아니었을지 모르며 성공한 인물이라기보다는 개성적인 인물이었을 것이라고 회고했다.[35]

누구에게나 어린 시절이 있듯이 청춘 시절도 있다. 어린 시절 가족들은 서로 사랑을 나누기도 하지만 고통을 주기도 한다. 그 고통과 사랑이 어린 시절에 상상하는 판타지의 세계 속에 녹아 있을 것이다. 청춘 시절의 고통과 사랑은 가족을 떠나 사회로 들어서면서 시작된다. 블룸즈버리그룹은 버지니아에게 어린 시절과 단절된 새로운 시절을 열어주었다. '자신이 살고 싶었던 삶'을 찾아가고 표현하는 방식을 알려주었다고 할 수 있다. 블룸즈버리그룹처럼 자신의 삶을 위한 도구를 구체적으로 손에 쥐여주는 무언가를 만날 수 있는 청년 시절을 누구나 가지는 것은 아니다.

버지니아의 말처럼 인생이 의식이 담긴 반투명의 봉투인지, 도리스 레싱의 말처럼 빛나는 봉투인지는 모르겠다. 그러나 봉투라는 말 자체를 생각해볼 때 버지니아 울프에게 봉투를 가져다준 것은 블룸즈버리그룹이었다. 버지니아는 아버지처럼 역사책을 쓰고자 했으나 잡지나 신문에 서평이나 에세이를 쓰기 시작하면서 알려지게 되었고, 결국은 소설을 쓰는 작가가 되었다. 블룸즈버리그룹이 새로운 세계를 담을 수 있는 도구를 버지니아에게 가져다주었고 그 도구에 버지니아의 인생이 고스란히 담겼다.

버네사와 블룸즈버리그룹의 일원인 클라이브 벨의 결혼으로 버지니아는 블룸즈버리그룹의 산실이던 고든 스퀘어를 떠났지만 블룸즈버리그룹은 이어지고 있었다. 미술비평가 로저 프라이의 합류로 회화가 블룸즈버리그룹의 핵심적 화제가 되기도 했다.[36] 그러나 제1차 세계대전으로 더이상 이어지지 못했다.

1920년 버지니아와 레너드 울프 부부는 과거의 모임을 재생하기 위한 모임을 만들었다. 블룸즈버리 메모아 클럽(Memoir Club)이었다. 이 클럽에서 버지니아는 "고든 스퀘어는 모든 것을 새로 해보는 곳, 모든 것을 다른 방법으로 해보는 곳, 모든 것을 시험대에 올리는 곳"이라는 원고를 발표하기도 했다.[37] 이 모임은 주로 선을 아슬아슬하게 넘는 폭로와 웃음을 기조로 하는 것이어서[38] 블룸즈버리그룹과는 모습이 달랐지만 버지니아가 죽은 후에도 한동안 지속되었다고 한다.

루이자 올컷의 아버지 브론슨 올컷은 산업혁명의 급물살에 위기의식을 느끼고 초월주의적 시대 흐름 속에서 함께할 동지들을 찾았으나 성공하지 못했다. 한편 버지니아의 블룸즈버리그룹은 케임브리지 대학을 졸업한 수재들을 중심으로 한 모임이었으나 제1차 세계대전을 거치면서 세계의 새로운 조류와는 멀어졌다. 초월주의 운동이 없는 루이자 올컷을 상상하기란 어려운 것처럼 블룸즈버리그룹이 없었다면 버지니아가 어떤 사람으로 남게 되었을지를 상상하기란 불가능해 보인다. 소설이라는 장르를 위해서는 버지니아에게 블룸즈버리그룹이 있었다는 것이 얼마나 다행인지 모르겠다. 블룸즈버리그룹이 없었다 해도 재능을 물려받은 버지니아가 아버지처럼, 또 본인이 원했던 것처럼 글쓰기로 성공할 수는 있었을 테지만, 발표하는 작품마다 20세기 소설사의 한 획을 그으며 새로운 양식을 거듭 실험하는 작가가 되기는 어려웠을 수도 있다.

　블룸즈버리그룹이 없었다면 남편이자 특출한 출판인인 레너드와도 만날 수 없었을 테니, 그 실험적인 작품들을 출판할 출판사를 찾기 위해 고생하느라 많은 에너지를 뺏겼을 것이다. 섣부른 추측일지는 모르나 같은 이유로 남아 있는 작품의 수도 많지 않았을 가능성도 있다. 무엇보다도 사후에 일기와 에세이를 꼼꼼히 정리해서 출판해줄 레너드와 같은 출판업자를 찾는 것은 불가능했을 것이다. 문학사를 위해서는 너무나 행운이지만 버지니아는 마치 몸에서 뽑아낸 거미줄로 집을 짓는 거미처럼 작품 속에 자신의 인생을 온전하게 녹여넣는 방식으로 글을 써왔으므로 글 밖에서는 온전한 자신으로 남아 있을 수 없었으니 사실 그것을 행운이라고 할 수만도 없다.

루이자 올컷이나 브론테 자매처럼 함께하는 가족이 꿈을 꾸는 계기를 주고 꿈을 꿀 수 있게 단련까지 해주었던 경우와는 달리, 버지니아는 가족이라는 공동체를 벗어나서 접하게 된 블룸즈버리그룹이 그 역할을 이어받았다. 부모로부터 해방되고 싶었던 버지니아에게 적절한 시기에 적절한 방법으로 블룸즈버리그룹이 주어졌다.

사회화의 출발을 함께하는 공동체가 어떠했는지에 따라 사회화의 모습이나 속도가 달라지는 것은 당연하다. 버지니아에게는 그 공동체가 블룸즈버리그룹이었다. 그에 따라 이후의 버지니아의 모습이 탄생되었듯이 우리 모두에게는 나름의 블룸즈버리그룹이 있을 것이다.

나에게 블룸즈버리그룹은 무엇이었을까? 중학교나 고

등학교 때 관여했던 학교신문반이나 문학서클에서 글 쓰는 활동을 함께했던 친구들과의 모임이었다는 생각이 든다. 고등학교 1학년 봄, 신문반에 들어가기 위해서 시험을 치르던 어느 날이 떠오른다. 글제가 '창'이었던 것은 기억나지만 글 내용은 어렴풋이 느낌으로만 남아 있다. 당시 입시로 들어갔던 고등학교의 엄격한 분위기를 견디지 못해서 매일 교실의 창으로 바깥을 내다보고 있기만 하던 나는 그런 마음을 써보려 했던 것 같다. 다행히 다섯명의 반원 중의 한명으로 뽑혀서 1년에 몇호 만들어내지도 못했지만 신문반이랍시고 기사도 쓰고 원고 청탁도 하러 다니고 표지사진을 찍는 친구들에게 모델 노릇도 하곤 했다. 수업을 빼먹고 인쇄소에 가서 친구들과 놀면서 교정을 보던 기억이 여전히 생생하다.

고등학교를 마치고 대학에 진학하고 사회에 발을 내딛는 1970년대 중반부터 1980년대 중반까지 10여년의 기간 동안 우리나라는 권위주의 정권이 무너지고 다시 더 강고한 군사정권이 들어서는 등 격렬한 시대변화의 와중에 있었다. 그래서인지 그 기간 동안 나는 블룸즈버리그룹을 어디에서도 찾을 수 없었다. 고등학교 때의 그 친구들도 각자가 택한 직업에 충실해야 했고 시대를 견디면서 살아가는 방법들도 달랐으므로 함께 만나기도 어려웠다. 나 또한 한발 물러서서 개인적 삶을 열심히 살고 있었다. 그러나 늘 부족한 정신을 메워줄 무언가를 찾아 헤매면서 어린 시절에 세상에 나서면서 생기는 생채기 못지않게 깊은 상처가 남았다.

다시 많은 시간이 흐르자 마치 버지니아와 레너드 부부가 블룸즈버리 메모아 클럽을 만들었던 것처럼 옛 친구들을 다시 이런저런 조합으로 만나게 되었다. 다시 만난 친구들이지만 근황을 나누는 건 뒷전이고 주로 책이나 영화, 전시회 등을 주제로 자유롭게 얘기하는 편을 선호하는 것은 변함이 없다. 책 읽고 글 쓰는 일들을 함께하면서 만난 친구들이라 그런지 각각이 본인들 특유의 지식을 뽐내더라도 누구도 주눅 들지 않고 경청하는 편인 점도 마찬가지다. 각자 자신의 세계에서 쌓은 지식과 세월이 가르쳐준 지혜를 나누는 그 시간들은 세상을 살아가는 나의 태도를 돌아보게 하는 좋은 기회가 되고 있다.

상처를 이겨내는 방법

누구나 어린 시절은 어느 정도 상처를 입는 시기이기도 하다. 정도의 차이는 있지만 세상과의 부딪힘 자체가 상처이기 때문이다. 라캉식으로 말하자면 상상계에서 상징계로 들어서는 것이 결여를 낳기 마련이고 그것이 상처가 된다.

어른이 되어가는 과정은 이 상처를 극복해나가는 과정이기도 하다. 루이자에게 이 상처는 현실적으로 지나치게 무능하지만 사랑했던 아버지로 인한 가난으로 가족들 모두가 원하는 삶을 살 수 없었던 데서 생겼다. 브론테 자매들의 경우 어린 시절에 겪어야만 했던 어머니와 언니들의 죽음, 루이자 올컷과 마찬가지로 가난하여 세상에 자신의 꿈을 펼치기 어려웠던 삶이 고통이 되었다. 버지니아의 어린 시절 또한 어머니와 언니, 오빠의 죽음과 가족에 매인 삶이 상처가 되었다. 그들에게 공통되는 것은 여성으로서 경제적 활동이나 사회적 활동이 제한적이어서 그 상처를 극복하는 방법을 찾기가 더 어려웠다는 점이다. 루이자 올컷과 브론테 자매, 버지니아는 소설을 쓰면서 자신들이 원하는 세상을 만들어냈고 그럼으로써 자신들의 상처를 극복해냈다.

그들의 책은 그들이 그려낸 세상으로 독자를 들여보내
준다. 그들의 책을 읽는 것은 그들이 그려낸 다른 세상을
들여다보고 나아가서는 그 세상을 간접적이나마 살아보
는 것이다. 그들의 상처가 나의 상처가 되고 그들이 상처
를 이겨내는 방법을 보면서 내가 상처를 이겨내는 방법을
찾아나갈 수도 있다. 영화나 연극을 즐기거나 드라마를
보면서도 비슷한 경험을 할 수 있겠지만 영상이 주는 직
접성이 상상력의 활동을 방해하여 동일시가 어려워지기
도 한다.

사춘기의 나는 『책읽기의 쓸모』에서 썼듯이 세상과 나
를 분리했다. 나는 세상의 관찰자일 뿐 세상의 주인이 아
니라고 생각했고 그 속에 직접 뛰어들지 않으면 상처를
입지 않을 것이라고 믿었다. 직접 글을 쓰면서 상처를 이
겨나가는 것은 어려워 보였지만 책을 읽으면서 간접적으
로나마 상처를 이겨내는 경험을 할 수는 있다고 생각했
다. 소설은 삶의 모순에 대한 이야기이고 그 모순을 나름
대로 이해하고 이겨내는 각자의 방식에 대한 이야기이므
로 읽는 것만으로도 어느 정도는 치유가 되기도 했다.

어린 시절을 벗어난 지도 오래되었지만 여전히 세상과

부딪칠 때마다 묻어두었던 상처에 돋았던 새살이 다시 터져버리는 때가 왕왕 있기도 하고, 새로운 상처가 여기저기 생겨나기도 한다. 『흡혈귀의 비상』(*Le Vol du Vampire*)에서 미셸 투르니에는 앙드레 지드를 위한 다섯개의 열쇠를 소개하면서 마지막 다섯번째 열쇠로 '지혜'라는 아름답고 신비스런 단어를 소개했다. "가족의 고고학 속으로 더 잘 잠수하기 위해서 현재에 등을 돌려버린 프루스트"나 "영원한 현재의 환희 위에서 오그라들어버린 폴 발레리"와는 반대로 지드에게서는 흘러가는 시간과 동화를 이루는 지혜를 배울 수 있다는 것이다.[39]

어린 시절의 나는 루이자 올컷과 브론테 자매, 버지니아가 세상과 부딪쳐나가는 자신들을 문학적으로 그려낸 글들을 읽는 것으로 상처에 대한 치유를 받으려고 했다. 지금의 나는 미셸 투르니에가 말한 지혜를 어디서 어떻게 얻을 수 있는지 찾아보려 하지만 아직 자신 있게 말할 수는 없다. 좋아하는 작가들이 자신의 책 한 귀퉁이에 살짝 써놓았을 해답을 계속해서 찾아볼 뿐이다.

도리스 레싱
집안의 천사를 죽이고
바위를 버텨내고

자신의 자리에서 자신의 목소리로

버지니아 울프는 「여성의 직업」이라는 에세이에서 집안의 천사를 여러차례 죽여야 했다고 썼다. 집안의 천사는 실체가 아닌 허구였으므로 죽이기가 쉽지는 않았지만 치열한 싸움을 벌여서 결국 죽일 수 있었고 집안의 천사를 죽이는 일은 당시의 여성 작가에게는 반드시 닥칠 경험이자 해내야 할 일이었다고 했다.

그러나 천사가 죽은 후에도 그녀는 잉크병을 앞에 두고 침실에 앉아 있는 젊은 여성이 될 수 없었다. 펜을 잡고 무아지경의 상태에서 상상력을 펼쳐 보이던 그녀는 갑자기 상상력이 뭔가 단단한 데 부딪쳐서 쏜살같이 달아나 버리는 경험을 하고 예술가의 무의식 상태에서 깨어나버린다. 그녀를 가로막은 장애물은 유령과 바위의 모습으로 나타나는 인습과 편견들이다. 그 장애물들은 여성 작가들이 자신의 경험에 대한 진실을 말할 수 없도록 가로막는다. 버지니아는 집안의 천사를 죽일 수는 있었지만 두번째 장애물은 해결하지 못했다고 고백한다. 그녀는 앞으로도 실로 긴 시간이 필요하다고 했다.

버지니아의 『등대로』를 "가장 잘 쓰인 영어 소설 중 하나"라고 한 도리스 레싱(Doris Lessing, 1919~2013)은 버지니아가 지적한 이 두가지 문제를 극복하려는 모험에 뛰어든 용감한 여성이었다. 그러나 그 전쟁의 한가운데 선 덕분에 그녀의 할머니, 어머니, 딸들과 아들들에게로 연결되는 삶의 많은 부분에서 좌절을 맛보기도 했다.

도리스 레싱을 처음 만난 것은 1997년 번역 출판된 『황금 노트북』(*The Golden Notebook*, 1962)을 읽으면서였다 (2019년 『금색 공책』으로 새로 번역되었다). 여성의 수가 아직도 극소수였던 법률가 사회에서 일하면서, 오로지 여자여서 일을 못한다는 소리를 듣지 않는 것이 내 인생의 목표였던 시절이었다. 『금색 공책』의 여주인공 애나 울프의 이야기는 남성사회에서 도태되지 않고 인정받아야 한다는 원초적인 단계의 전투에서도 지쳐버린 나에게는 전혀 다른 세상의 이야기처럼 읽혔다. 도리스가 아프리카 대륙에서 겪었던 일들과 영국 런던에서 작가로 성공하기까지 겪어내야 했던 어려움을 몰랐던 내 눈에는 그녀가 글 속에서 자신이 서 있는 자리를 똑 부러지게 파악하면서 그 자리에 이르기까지의 사유의 흐름을 자신만의 고유한 목소리로 말하고 있는 그 자체에 경탄했을 뿐이었다.

그때 나는 소설가가 되기 위해서는 이 책을 꼭 읽어야한다면서 소설가가 되려고 공부하는 젊은 여학생에게 다 읽은 책을 건네주었다. 그 여학생이 작가로 데뷔했는지는 알지 못하지만 이후 나는 『생존자의 회고록』(*Memoirs of a Survivor*, 1974)을 찾아 읽었고 『다섯째 아이』(*The Fifth Child*, 1988)를 읽었다. 처음에는 마치 디스토피아를 예감하는 미래소설 같은 두 책에서 별다른 감명을 받지 못했다. 그러다 『마사 퀘스트』(*Martha Quest*, 1952)를 뒤늦게 접하면서 도리스, 『금색 공책』의 애나 울프, 마사 퀘스트가 연결되었고, 『생존자의 회고록』의 에밀리와 마사 퀘스트의 어머니가 같은 사람임을 알게 되었으며, 『다섯째 아이』의 벤이 도리스의 세번째 아이 피터 레싱과 이어질 수도 있겠다는 생각을 했다. 그러자 자신을 갈아 넣어서 소설들을 써온 도리스의 삶의 무게가 그대로 느껴졌다. 버지니아가 말한 바위를 버티기 위해 전력을 다했을 때의 그 무게였다.

앨프리드와 에밀리

도리스는 2007년 여든여덟의 나이로 노벨문학상을 수상했고 2013년 아흔넷을 일기로 생을 마감했다. 여러차례 물망에 오르다 역대 최고령으로 노벨문학상을 탄 도리스는 수상소감을 묻는 기자들에게 자신은 이미 많은 문학상을 탔으므로 좋긴 하지만 우쭐대며 들뜰 일은 아니라고 답했다. 도리스는 2008년 발간한 소설 『앨프리드와 에밀리』(*Alfred and Emily*)를 마지막으로 더이상 소설을 쓰지 않았다.

앨프리드는 도리스의 아버지의 이름이고 에밀리는 어머니의 이름이다. 앨프리드는 농사를 지으면서 사는 평범한 삶을 원했으나 전쟁 중에 다리에 맞은 파편으로 한쪽 다리에 나무의족을 달고 살아야 했고, 간호사였던 에밀리의 연인은 의사였는데 전쟁 중에 사망했다. 두 사람은 에밀리가 간호사로 일하던 병원에서 환자와 간호사로 만나 결혼하기에 이른다.

『앨프리드와 에밀리』에서 도리스는 만일 전쟁이 없었더라면 두 사람의 삶은 어떻게 되었을까를 먼저 상상한다. 앨프리드는 농부가 되었고 에밀리가 아닌 다른 여성과 결혼하여 행복한 결혼생활을 한다. 에밀리는 의사와 결혼하지만 남편이 재산을 남긴 채 일찍 죽는다. 이후 에밀리는 가난한 사람들을 위한 학교를 세우는 데 많은 돈을 쏟아붓는 등 자선사업에 몰두한다. 그러나 상상이 아닌 실제 부모의 삶은 그렇지 못했다. 소설의 두번째 파트에서 도리스는 부모의 삶과 꼭 닮은 앨프리드와 에밀리의 실제의 삶으로 되돌아갔다.

도리스의 아버지 앨프리드 쿡 테일러의 아버지(도리스의 할아버지)는 은행원이었고 어머니(도리스의 할머니)는 일찍 돌아가셨다. 아버지가 바로 재혼한 탓에 앨프리드는 어머니에 대한 사랑을 느낄 틈이 없었고 아버지의 뒤를 이어 은행원이 되었다. 그러나 제1차 세계대전에 참전하여 부상했고 병원에서 치료받던 중 간호사로 일하던 도리스의 어머니 에밀리 모드를 만나 결혼했다.

에밀리의 아버지(도리스의 외할아버지) 또한 은행원이었는데 노력 끝에 지점장까지 올랐으나 노동계층의 여성인 에밀리 플라워(도리스의 외할머니)와 결혼했다. 에밀리 플라워는 임신한 몸으로 밤늦도록 춤을 추러 다니기도 하는 등 쾌락 지향적이고 경박한 성품이었고, 에밀리(도리스의 어머니)의 동생을 출산하던 중 사망했다. 에밀리 또한 앨프리드처럼 새어머니 밑에서 어머니의 사랑을 받지 못하고 자랐고 에밀리의 아버지는 아이들에게 어머니에 대한 부정적인 시각을 계속해서 심어주었다. 이런 아버지의 태도는 에밀리에게 의무를 다하도록 하고 희생을 강요하는 삶을 선택하도록 하는 동기를 부여했다.

에밀리는 대학에 진학하라는 아버지의 권유를 뿌리치고 간호사가 되었다. 어머니의 사랑에 대한 결핍은 에밀리가 간호사라는 직업을 고르게 하고 도리스의 아버지를 남편으로 택하게 했다. 어머니는 자신을 필요로 하는 사람들을 통해 그 결핍을 채우려는 생각이었다고 도리스는 믿었다.[1]

결혼 후 앨프리드는 지금의 이란에 있는 페르시아 제국은행의 지점장으로 발령받아 페르시아로 이주했다. 그후 도리스를 낳았고, 2년 후 동생 해리도 태어났다. 5년간의 페르시아 근무 후 6개월의 휴가를 받은 가족들은 영국에서 휴가를 보내던 중 아프리카의 남로디지아(지금의 짐바브웨)로 이민을 떠나기로 결정했고 이 결정은 바로 실행에 옮겨졌다. 한 5년 정도를 예상하고 아프리카로 이민을 떠났으나 앨프리드는 농장을 운영하는 능력이 없었다. 잦은 가뭄과 메뚜기떼의 공격으로 농사는 실패하기 일쑤였다. 어머니는 경제적 성공의 꿈을 접고 아이들의 교육에 온 힘을 다하기로 방향을 바꾸었다. 도리스는 어머니의 의도에 따라 4년간 수녀원부속학교, 솔즈베리여자고등학교를 다니지만 스스로 학업을 중단해버렸다. 그리고 고향을 떠나 오페어(aupair, 일종의 입주 가정교사)나 전화교환원으로 일하다가 공무원 프랭크 위즈덤을 만나 결혼했다. 이때부터 도리스의 삶은 소설 속에서와 마찬가지로 현실에서도 '에밀리'로 살면서 늘 사랑이 결핍되었고 자신의 성취욕을 채우기 위해 가족을 억압하던 어머니로부터 계속해서 도망가는 삶이 되었다.

마사 퀘스트로서의 삶

서른세살 때인 1952년 5부작 '폭력의 아이들'(Children of Violence)의 첫째권으로 발표된 『마사 퀘스트』는 열다섯살 이후 첫 결혼에 이르기까지 마사 퀘스트의 삶을 소재로 하고 있는데 대부분 도리스의 실제 삶과 겹친다. 대학이니 장학금이니 이야기하는 어머니의 말을 거스르고 결막염을 핑계로 대학입학시험을 치지 않은 마사는 집을 나와서 도시로 와 타이피스트로 취직을 했다. 약 쉰명 정도의 사람들이 사는 마을에서 자라 기숙학교를 다닌 경험 밖에 없던 마사였지만 유능한 사원이 되기 위해 강습소에 등록해서 속기 수업을 받았다. 고향 친구이자 직장을 구해주었던 조스의 소개로 좌익독서클럽에 가담하기도 했다. 그러나 곧 백인 남녀들이 어울리는 스포츠클럽을 드나들면서 춤을 추고 술을 마시며 분위기에 휩쓸리는 생활을 거듭하다가 클럽의 초창기 멤버 중의 하나인 더글러스를 만나서 결혼했다.

마사는 어머니가 강요하는 이상에 맞는 여성으로부터 필사적으로 도망치고자 했으나 결국은 식민지의 지배계층의 일원이자 공무원으로 일하는 남성과 어머니를 만족시키는 결혼을 한 것이었다. 이런 결론으로 이끄는 데 영향을 미친 것은 어머니를 통해 소개받은 도노반을 따라다녔던 스포츠클럽을 중심으로 한 사교장의 만남이었다. 사교장에서 만나 함께 춤을 추면서도 지루함을 이기지 못하고 있던 마사에게 갑자기 나타난 더글러스는 마사가 좌익독서클럽에서 추천받은 진보적인 신문인 『뉴 스테이츠먼』을 읽는, 진지하고 책임감 있는 청년으로 비쳤다.

하지만 결혼에 필요한 절차를 진행해가면서 마사는 더글러스에 대하여 알 수 없는 놀라움이나 반감을 느꼈다. 마사는 먼발치에서 좌익독서클럽 관련자들의 옥외집회를 보고 그들과 함께 서 있기를 갈망하기도 했다. 그러나 그 집회를 바라보는 더글러스의 표정은 새로운 사태에 직면한 공무원의 표정이었고 그 얼굴을 보자 마사는 가슴이 철렁 내려앉았다. '지금이라면 나를 해방시킬 수도 있어. 그와 꼭 결혼할 필요는 없어'라고 생각해보기도 하지만 원하든 원하지 않든 그녀는 결혼을 향해 끌려갔다. 소설의 마지막은 주례를 섰던 메이너드 판사가 머지않아 이 커플의 이혼까지 담당할 것이라고 생각하는 데서 끝났다. 실제로 도리스도 유사한 경로를 거쳐 공무원 프랭크 위즈덤과 결혼했다.

이처럼 마사 또는 도리스가 고향을 떠나 도시로 옮겨 살면서 스포츠클럽에서 만난 청년들의 모임은 도리스가 고향을 떠나면서 벗어나고자 했던 전통적이고 관습적인 삶에로 그녀를 다시 데려다놓았다. 마치 버지니아 울프가 이부오빠인 조지에 이끌려 이런저런 파티에 끌려다녔던 일을 연상시키지만, 버지니아에게는 블룸즈버리그룹이 있었고 도리스의 좌익독서클럽은 블룸즈버리그룹과 같은 역할을 아직은 하지 못하고 있었다. 도리스가 관습을 따르는 삶에서 한번 더 도약하기 위해서는 많은 대가를 치러야 했다. 『마사 퀘스트』는 이에 대한 약간의 암시에서 끝난다. 마사의 결혼생활과 임신, 출산, 육아, 이혼의 과정은 '폭력의 아이들'의 둘째권 『적절한 결혼』(*A Proper Marriage*, 1954)에서 다뤄졌으나 '폭력의 아이들'의 둘째권 이하는 아직 우리말로 번역되지 않았다.

애나 울프로서의 삶

그래도 도리스를 변화시킨 것은 『마사 퀘스트』에 나오는 좌익독서클럽의 사람들이었다. 그들과 함께한 삶은 『마사 퀘스트』에서는 잠시 언급될 뿐이지만 '폭력의 아이들'의 셋째권 『폭풍의 여파』(*A Ripple from the Storm*, 1958)와 도리스에게 노벨문학상을 안겨준 소설 『금색 공책』에서 다양하게 묘사되고 있다. 결혼 이듬해인 1940년 아들을 낳고 다시 1941년 딸을 낳은 도리스는 이 무렵부터 좌익단체의 정치활동에 참여하기 시작했고 결국 남편과 아이들을 떠났다. 집을 나와 법률회사의 타이피스트로 취직했던 도리스는 곧 같은 법률회사의 독일인 망명자 고트프리트 레싱과 재혼했다.

『금색 공책』에서는 작가인 애나가 딸 재닛과 친구 몰리, 몰리의 아들 토미와 함께 살아가면서 일어나는 여러 일이 담긴 '자유로운 여자들'이라는 소설이 다섯 부분으로 쪼개져서 전개된다. '자유로운 여자들'의 사이사이에 검은색, 빨간색, 노란색, 파란색 공책이 차례로 이어지고, 마지막의 파란색 공책 뒤에는 금색 공책이 이어지는 구성으로 되어 있다.

도리스는 '자유로운 여자들'이 전체 재료의 요약이자 압축이지만 '자유로운 여자들'의 주인공 애나 울프가 가지고 있는 네개의 공책에서 금색 공책이 나오면서 새로운 어떤 것이 되었다고 소설의 모양새를 설명했다.[2] 이 네개의 공책 중 검은색 공책이 애나의 아프리카 체류 시절에 대한 기록이며, 빨간색 공책은 애나의 영국공산당에서의 활동을 담았다. 노란색 공책은 엘라라는 주인공을 내세워 쓰는 소설 속의 소설이며(애나가 도리스의 자전적인 주인공이라면 엘라는 애나의 자전적인 주인공이다), 파란색 공책은 실제 경험을 일기처럼 써두었다. 마지막의 파란색 공책과 이어지는 금색 공책에서 애나는 그동안 공책에 써두었던 경험들이 빠르게 영화필름처럼 돌아가는 꿈을 꾸면서 그 모든 것들에서 새로운 깨달음을 얻고 이를 기록했다.

'폭력의 아이들'의 셋째권 『폭풍의 여파』와 『금색 공책』의 검은색 공책은 집을 나온 이후 도리스의 다음 행보를 다루고 있다. 『마사 퀘스트』에서 만났던 좌익독서클럽의 멤버들은 학문적인 데 더 많은 관심이 있었을 뿐 과격한 혁명활동에는 소극적이었다. 이윽고 그들은 좀더 열성적인 멤버들에 의해 퇴출당했다. 마사는 그 과정들을 보면서 그들이 논쟁의 내용과는 상관없이 주도권 싸움을 하고 있다는 것을 알게 되었다.

남은 이들은 서로를 '트로츠키파'라고 부르면서 비난하고 다시 더 급진적인 좌익그룹이 형성되었다. 일부 멤버들이 떠나자 남은 멤버들과 남로디지아에 주둔 중이던 영국 군인 중 공산주의자들 몇몇, 노동조합원, 원주민, 건설인부 등의 멤버들이 새로 회원이 되었다. 그러나 또다시 이론에 치우친 멤버들과 실천을 강조하는 멤버들로 나뉘는 일들이 반복되었고, 남로디지아의 현실정치가 분열과 집산을 거듭하면서 좌익그룹 회원들도 뿔뿔이 흩어졌다. 그 과정에서 마사는 공산당이 벌거벗은 권력의 실상을 대표하며, 공산주의보다는 더 나은 치료책이 필요하다는 생각을 하게 되었다.

『금색 공책』의 애나도 같은 생각을 하면서 공산당에 회의적인 입장이 되었다. 공산당이나 공산주의 조직의 구조에 자기분열의 원리가 내포되어 있다는 사실은 분명하고, 공산당은 개인이나 집단을 개별적인 공과가 아니라 당의 내부 동력에 순응하느냐 아니냐에 따라 저버리는 과정에 의해 성립한다는 생각이 들었다. 애나는 또 당시 좌익그룹이 이미 존재하던 아프리카인들의 운동과 아무런 연결고리도 갖지 못했고 그 나라의 현실에 비해 그들의 사상이 너무 앞서간다고 비판하기도 했다.

마사 또는 애나는『폭풍의 여파』에서는 안톤이라는 이름으로, 검은색 공책에서는 빌리라는 이름으로 등장하는 좌익그룹의 새 지도자와 결혼하고 마사는 세번째 아이를 출산했다. 실제 도리스의 두번째 남편의 이름은 고트프리트 레싱이었다. 도리스가 보기에 그는 가장 인습적인 상류 중산계급의 방식으로 양육되고 사고하는 사람이었고 후에 동독으로 건너가 고위관료가 된 직업 혁명가였다.

1949년 다시 고트프리트와 이혼하고 남아프리카공화국의 케이프타운으로 이주한 도리스는 아들 피터 레싱과 함께 영국으로 옮겨 갔다. 검은색 공책에서 도리스는 화자인 애나를 통해 좌파를 택한 이유를 쓰고 있다. "그 도시에서 오직 좌파만이 약간의 도덕적 활력이라도 갖추고 있으며 오직 그들만이 인종차별이 극악무도하다는 관점을 당연하게 받아들였던 까닭"[3]이었다. 빌리에 대해서도 애나는 그를 좋아하지도 않았고 이해하지도 못했지만 서로를 향해 일종의 연민을 느꼈다고 했다. 아무튼 '아는 게 많았지만 경험은 턱없이 부족했던' 애나는 빌리를 만나 정치에 발을 담그게 되었다.

좌익그룹에서의 활동은 1951년 영국공산당에 가입해서 1954년 탈당할 때까지 도리스의 중요한 부분을 차지했다. 그러나 도리스는 애나의 입을 빌려서 아프리카에서의 좌익그룹의 활동은 지금은 적이나 다름없는, 혹은 너무 속속들이 알게 되어 다시는 만나고 싶지 않은 옛 친구 같다고 하면서 그 시절을 조금이라도 다시 사느니 차라리 죽는 편을 택하겠다고 했다.[4]

애나는 영국에서의 공산당 활동에 대해 써넣은 빨간색

공책조차도 공산당을 비판하는 내용으로 가득하다는 걸 발견하기도 했다.[5] 그러면서도 빨간색 공책에서 특정한 시기 이후에도 당에 머물러 있는 서방세계의 공산주의자는 누구나 개인적인 믿음에서 그렇게 하는 것이라고 한 에리히 케스틀러의 말을 떠올리면서 자신의 개인적인 믿음은 무엇일까 생각해보았다. 결론적으로는 소련이 현재의 과정을 되돌려서 진정한 사회주의가 도래하게 될 때를 기다리는 일군의 사람들이 있다는 믿음이라는 걸 깨달았다. 그러면서 동시에 현실의 당에 대한 비판을 멈출 수도 없었다. 애나는 결국 공산주의자와 한때의 공산주의자로서 '딜레탕트적 악의'를 내비치는 자들 사이의 갈등을 견디지 못하고 스스로 고립을 선택하면서 공산당을 떠났다.[6]

이런 과정을 살펴보면 아프리카의 좌익그룹 활동은 버지니아 울프의 블룸즈버리그룹처럼 세상에 내던져진 도리스의 청년기에 세상을 학습하는 기회가 되어주었음이 분명하다. 좌익그룹은 남편 프랭크 위즈덤이 속한 전통과 관습의 세계가 줄 수 없었던 이상적인 사회건설에 대한 꿈을 꿀 수 있게 해주었다.

영국으로 와서도 공산당은 도리스에게 같은 역할을 계속했으나 당을 운영하는 퇴락한 관료집단이 당의 어깨를 짓누르고 진짜 과업을 결정하는 것은 당의 핵심부가 아닌 다른 어느 곳이라는 걸 차차 깨달으면서 결국은 더이상 만나고 싶지 않은 옛 친구가 되었다. 공산당을 떠난 후 도리스는 불교, 힌두교, 수피즘 등 동양문화나 신비주의로 관심을 옮겨서 판타지에 가까운 과학소설이나 미래소설들을 다수 집필했다.

도리스는 『금색 공책』의 1971년 저자 서문에서 이 소설의 주제는 '무너져내림'이라는 보편적 주제라고 했다. 모든 것이 합쳐지고 경계가 무너지면 잘못된 이분법과 분리를 넘어설 수 있고 자기치유가 가능해진다고 하는 주제를 다루었는데, 소설이 출간된 후 이 중심 주제를 알아보는 사람은 아무도 없었고 적대적인 평론가들도 호의적인 평론가들도 모두 이 소설을 성(性) 대결에 관한 소설로 격하시켰다고 불만을 표시했다. 남성 독자들은 이 책에서 '여자들이 남자들을 보는 시각'을 배우게 되었고, 여성 독자들은 『금색 공책』에 분노를 표하거나 이 소설을 성 대결에서 유용한 무기로 삼기도 했는데 이런 반응들은 모두 작가로서 생각해보지 못했던 것이었다.[7] 그러나 결국 독자들의 다양한 반응에서 작품이 살아 있고 강력하고 비옥해지며 생각과 토론을 촉발할 수 있다는 것을 깨달았다.[8]

1993년의 저자 서문에서는 이 책을 다시 읽으면서 그 안에 쏟아부은 미쳐 날뛰는 에너지를 새삼 떠올려보았다며 그 일부는 갈등의 에너지이기도 하지만 에너지 자체가 책이 담고자 했던 메시지와 상관없이 활력을 주는 경우도 있다고 했다. 또한 한계 지점을 가리키는 이 소설이 일련의 관념으로부터 빠져나가는 길을 내는 역할을 해주었다고 술회했다. 한계 지점을 끝없이 사유해가는 것이 그녀의 목표였음을 잘 보여준다.[9]

나의 속마음

도리스의 마지막 작품이 부모의 삶을 소재로 한 『앨프리드와 에밀리』라는 데서 그녀를 평생 사로잡은 문제가 가족이었음을 짐작해볼 수 있다. 아프리카에서 경제적인 안정을 찾으면 영국으로 돌아가서 상류생활을 할 수 있으리라 생각했으나 농장 경영으로는 꿈을 이룰 수 없다는 걸 깨닫게 된 어머니 에밀리는 아이들의 교육에 온 열정을 쏟기 시작했고, 도리스는 이를 거부하고 기숙학교를 떠나 집으로 돌아왔다. 그후 마사 퀘스트처럼 도시로 나가서 일하다가 프랭크 위즈덤과 결혼한 후 아들 존과 딸 진을 낳았다. 그러나 도리스는 권위적인 남편과 살고 아이들을 키우면서 어머니와 같은 모습이 되는 걸 거부하기로 했다. 좌익독서클럽의 일원으로 활동하던 도리스는 결국은 남편과 아이들을 떠났다.

도리스는 자서전인 『나의 속마음』(*Under My Skin*, 1994)에서 유아차에 존을 태우고 몇시간이나 공원을 걷다가 머릿속으로 시를 썼는데 백인 여주인을 비판하는 내용이 담긴 이 시가 남편의 분노를 촉발시켰다고 썼다. 남편은 가능하면 언제나 도리스가 일자리를 얻어야 하고 할 수 있으면 글을 써야 한다고 말하면서도 결혼생활 바깥에 흥미를 가진 아내로부터 위협을 느꼈고, 때때로 화를 내고 자기연민에 빠지고 비난을 퍼부었다. 도리스는 어느 때보다도 상냥하고 고분고분하고 기꺼이 비위를 맞추면서도 스스로를 위선적이라 생각했다.[10]

결국 남편에게 아이들을 맡기고 집을 떠난 도리스는 법률회사의 타이피스트로 취직하여 독립했다. 두 아이를 두고 독립한 것은 도리스에게 평생을 따라다니는 고통이 되었다. 『적절한 결혼』에서 도리스는 자신이 부모에게서 받은 억압을 두 아이에게 물려주지 않으려고 그런 선택을 했다고 주장했고 당시 주변에는 자신보다 아이들을 더 잘 돌봐줄 수 있는 사람들이 많았다고 변명하기도 했다.

두번째 남편과의 사이에서 아들 피터가 태어나고 바로 아버지가 돌아가시자 그때부터 어머니는 도리스에게 더욱더 심하게 간섭했다. 도리스가 런던으로 이주한 후에는 런던으로 와서 4년간 머무르면서 피터의 양육에 대해 간섭했다. 도리스는 어머니로 인한 스트레스를 이겨내기 위해서 계속해서 정신과 상담을 받았고 이 상담 과정은『금색 공책』에도 잘 묘사되어 있다.

1957년 어머니가 돌아가신 후에도 도리스는 고통에서 벗어날 수 없었다. 어머니가 누군가에게 도움이 된다는 느낌을 계속 가질 수 있었더라면 더 오래 살 수 있었을 것이라는 죄의식에 시달리기도 했다. 이런 생각 끝에 나온 작품이『앨프리드와 에밀리』였다. 도리스는 부모들이 남긴 과거의 유산으로부터 자유롭기 위하여 여전히 노력했고『앨프리드와 에밀리』의 출판도 바로 그런 노력의 일환이었다. 도리스의 상상 속에서 에밀리는 자선사업에 몰두하는 여성으로 형상화되었다.

도리스는 아프리카에 남겨두고 온 아들(존)과 딸(진)에게 편지를 쓰기도 했고, 아들과 딸이 몇차례 런던을 방문하기도 했다. 피터가 열두살이 되던 해에는 남녀공학의 진보적인 기숙학교로 피터를 보냈는데 이 학교가 피터에게 반드시 좋은 영향을 끼친 것은 아닌 듯하다. 『금색 공책』의 마지막 장에서 애나의 딸 재닛은 진보적인 학교를 권하는 어머니에게 자신은 평범하게 살고 싶고 엄마처럼 되기 싫다면서 전통적인 기숙학교로 진학했다. 그러나 현실에서 아들 피터는 자유롭고 개방적이며 교복이 없고 선생님과 학생이 똑같이 이름을 부르는 진보적인 학교로 진학했다.

도리스는 이때 피터를 통해 제니 디스키를 만났다. 제니는 그 무렵 피터가 다니던 학교의 같은 반 학생이었는데 학교에서 퇴학당했고, 부모가 그녀를 정신병원에 보냈다. 피터는 어머니에게 제니가 지적이지만 정신병원에 간 적도 있으며 도울 만한 가치가 있다고 편지를 썼다. 도리스는 피터의 편지를 받고 제니에게 정신병원에서 나와 자신의 집에서 함께 살자고 제안했다. 도리스는 자신에게 감사할 필요는 없으며 제니도 다른 누군가를 도우면 된다고 했다. 도리스는 그녀에게 돌아갈 것인지 함께 살 것인지 물었다. 제니의 입장에서는 선택의 여지가 없었고 마치 꿈이 실현되는 것 같았다. 그후 도리스는 4년간 제니와 함께 살았고 이후에도 계속 관계를 유지했다. 제니는 이후 소설가로 성장했는데 도리스가 사망한 후 쓴 글과 책에서 당시의 이야기를 자세히 썼다.

제니에 의하면 공산당 멤버들과 작가들에게 둘러싸여서 어린 시절을 보낸 피터는 당시 젠체하는 바보(pompous ass)였지만 제니의 어려움을 들은 후 친절하게도 도와야겠다고 생각했다. 열여섯살의 피터로서는 그것이 얼마나 위험하고 고통스러운 일이 될는지 알 수 없었다. 아마도 당시의 피터는 어머니 도리스에게 절망했고, 제니가 도리스와 새로운 출발을 할 수 있게 해주는 기회가 될 것이라고 생각했거나, 아프리카의 아이들을 언급하지 않은 채 가족의 균형을 잡으려 한 것이었는지도 모른다. 제니에게로 관심의 방향을 돌리려고 했을 수도 있다. 그러나 결국 제니는 도리스와 피터에게 재앙이 되었다.

사춘기의 정점에 달한 두 아이와 글을 써야 하는 도리스의 관계는 원만하지 않았다. 피터는 열아홉살 이후부터 아무런 일도 하지 않았고 누구와도 관계를 맺지 않았다. 어머니와 함께 살며 거의 외출도 하지 않고 저녁이면 텔레비전만 보고 있었다. 몹시 비대해졌고 사람들이 꺼리는 그런 사람이 되었다. 결국 피터는 열아홉살에서 성장을 멈추었다. 제니는 피터에게 플랫을 하나 사줘서 독립시키면 어떠냐고 도리스에게 제안했지만 도리스는 제니가 피터를 떼내려고 한다고 소리치고 비명을 지르기도 했다. 오히려 피터의 문제가 제니로 인해서 비롯되었다고 생각하기도 하는 등 제니는 마치 피터의 둥우리에 들어온 뻐꾸기 같은 존재였다고 한다. 피터 또한 주변 사람들에게 제니가 뛰어난 소설가가 되는 것이 자기의 인생에서 일어날 수 있는 가장 나쁜 일이라고 말했다.

아프리카의 딸 진이 스무살이 되었을 무렵 두어달 동안 도리스의 집에 머무른 적이 있었다. 그때 도리스는 책을 쓰느라 힘든 시기를 보낼 때여서 제니에게 진을 돌봐달라고 청했다. 제니의 친구들을 만나게 해주고 쇼핑도 데려가달라는 것이었다. 제니와 진은 런던 시내 한복판의 가게에서 비싼 옷을 입어보기도 하고 책방도 들렀고 술집에 앉아 있기도 했다. 훗날 도리스의 장례식에 참석한 진은 어린 시절을 잠시 함께했던 제니에게 도리스가 자신들을 아프리카에 두고 가서 자신들의 삶을 살 수 있게 한 것이 기쁘다고 했다.[11] 짧은 시간 동안이었지만 진은 도리스가 자신에게 필요했던 어머니는 아니라는 것을 충분히 감지할 수 있었기 때문일 것이다.

도리스는 평생 어머니와 갈등 관계에 있었다. 도리스의 어머니 에밀리는 아프리카 이민이 실패로 돌아가자 자식의 성취가 자신의 성취라고 생각하고 자식들에게 자신의 성취욕을 채워주기를 강요했다. 도리스는 이런 어머니를 떠나서 결혼을 하고 출산을 했으나 결혼제도는 여성 개인을 없애고 제도 속의 존재로만 남기를 강요한다는 것을 곧 깨달았다. 도리스는 자신의 외할머니, 어머니, 자신의 딸로 이어지는 모성의 고리를 끊어야겠다는 생각으로 이혼을 하고 아이들의 양육도 포기했다. 그런 결정들이 자신의 여성적 정체성을 온전하게 받아들이지 못한 탓이라는 것을 나중에야 깨달았지만 돌이킬 수는 없었다.

도리스가 제니를 가족으로 받아들인 것은 그녀의 입장에서는 이런 뒤늦은 깨달음 때문이었다고 볼 수 있다. 피터의 입장에서는 어머니의 관심을 제니에게 돌리고 어머니로부터 독립할 수 있는 기회가 되었을 것이다. 그러나 도리스는 자녀들을 제대로 대하는 법을 배울 기회가 없었다. 결과를 놓고 말하자면 도리스가 제니와 피터를 대하는 일에 성공을 거두었다고 말하기는 어렵다. 소설『생존자의 회고록』에서 소설의 화자가 에밀리를 대하는 방식을 보면 자신이 싫어했던 어머니의 방식과는 정반대로 에밀리의 삶에 대해 지극히 수용적인 태도를 가지고 받아들이려고 노력하고 있다. 그러나 실제 도리스가 제니와 피터를 대했던 방식은 그렇지 못했던 것이 아닐까. 아니면 지나치게 수용적이고 방임적이었을 수도 있다.

도리스의 어머니처럼 개인으로서의 자기를 버리고 사회제도 내부에서 돌봄의 대명사로 살아가는 것도 쉬운 일은 아니지만, 일단 결혼생활을 하거나 아이를 키우는 어머니가 되면 개인으로 온전히 서기도 어렵다는 것을 도리스의 삶 자체가 보여준다. 그런 도리스의 삶은 노벨문학상까지 받는 영광을 누린 것과 상관없이 집안의 천사와 전문직으로서의 완벽함을 모두 요구당하는 여성들에게는 연민을 자아내는 삶이다. 이 또한 도리스가 선택해 나갔던 삶의 결과라고 하면 그만이겠지만 그녀가 바꿀 수 없는 이런저런 제도적·문화적·전통적 한계가 있었다. 그리고 그 한계 내에서 선택을 마주할 때마다 그녀가 나름대로 최선을 다했으리라 믿기에 그녀의 삶이 더욱 슬프게 다가온다.

제니와 피터의 비난을 모두 받았던 도리스지만『생존자의 회고록』에서는 자신에게 맡겨진 소녀 에밀리를 잘 지키고 보호해 무사히 그녀가 왔던 세계로 돌려보내고 있다. 현실의 삶과는 달리 그녀의 할머니, 어머니, 그리고 자신에게로 이어지는 모성의 고리가 서로 존중하고 이해해 주는 동지들의 연대처럼 발전되어 화자가 내내 찾고 있던 그녀로 모습을 드러내는 결론 부분은 도리스가 이상적으로 여겼던 세계로 향하는 것 같아 안타깝다.

생존자의 회고록

1974년에 출간된 장편소설 『생존자의 회고록』은 대재앙을 겪고 살아남은 초로의 여성이 대재앙의 시기에 대해 기록한 글이라는 형식을 취하고 있어서 미래소설로 평가된다. 그러나 이 소설은 도리스의 자전적 소설로도 읽힌다. 제니가 소설가로 성공적으로 자리 잡자 도리스와 제니는 서로 살아 있는 동안에는 상대방을 소재로 글을 쓰지 말자고 약속했다. 그런데 도리스는 『생존자의 회고록』에 나오는 열두 살 소녀 에밀리의 묘사에 제니의 이미지를 활용하면서 소설의 화자에는 자신을 그대로 투영시켰다. 이를 두고 제니는 도리스가 자신과의 약속을 지키지 않았다고 비난했다.

소설에서는 차원이 다른 두개의 세계가 교차해서 펼쳐진다. 대재앙이 시작된 이후 화자의 아파트와 그 바깥에서 일어나는 일들에 관한 부분과 벽 너머에 있는 환상의 공간에서 펼쳐지는 일들이 그것이다. 현실의 공간에서 벌어지는 일들을 생략하고 벽 너머의 공간을 중심으로 줄거리를 보자면 다음과 같다.

대재앙이 시작된 어느 날 소설의 화자는 거실 벽 뒤에 몇개의 방이 있는 집이 있고 그 집이 화자가 살고 있는 아파트의 복도와 겹쳐져 있다는 걸 알게 되었다. 그 벽 너머에서는 가구를 옮기는 소리, 아이가 우는 소리 같은 친숙한 소리가 들려왔지만 어떤 방법으로 벽을 통과할 수 있는지 처음에는 알지 못했다. 어느 날 우연히 화자는 벽 너머의 새로운 공간을 찾아냈고, 그후 현실의 공간에 어떤 남자가 에밀리라는 열두살쯤 된 여자아이를 데려다놓았다. 다른 통로가 없었던 이상 에밀리와 남자는 벽 너머의 공간에서 온 것으로 추측되었다. 에밀리는 특유의 차가우면서도 발랄한 목소리와 미소를 가지고 있었고 깔끔하게 방을 쓸 거고 귀찮게 굴지 않겠다고 약속했다. 대재앙이 지속되고 있는 현실의 세계에서 화자는 사춘기의 에밀리와 그녀와 함께 온 휴고라는 개처럼 생긴 고양이와 함께 이런저런 어려움을 이겨나갔다.

한편 벽 너머의 세계에서는 개인적인 장면과 비개인적인 장면이 교차되어 펼쳐졌는데 비개인적인 장면에서 화자는 청소하고 페인트를 칠하고 조각을 치우는 등 계속 일을 했다. 그 방은 자신이 알던 방이었고, 그 방에서 지속되었던 삶과 그 방을 떠나는 순간 계속될 삶에 대한 그리움을 불러일으키는 공간이었다. 그 공간은 풀어야 할 문제들을 제기하는 공간이었지만 대안적인 행동이 가능하도록 느끼게 해주는 어떤 가벼움, 어떤 자유를 선택할 수 있는 공간이기도 했다.

그러나 개인적인 장면에 들어가는 일은 감옥에 들어가는 일이었고 화자는 개인적인 장면 속에서 밀폐된 듯한 답답한 느낌을 가졌다. 그곳에서는 그저 모든 일을 지켜보는 것 외에는 어떤 일도 할 수 없고 출구도 없으며 시간이 계속해서 흘러 모두가 서서히 마모되어가기만 했다. 그곳의 공간과 시간은 어린아이가 그럴 법한 방식으로 보거나 느낄 수밖에 없는 '어린이-공간'이자 '어린이-시간'이었다.

네살쯤 되어 보이는 조그만 여자아이가 푸른색 벨벳 치마를 입고 난로 앞 깔개에 앉아 있었고 침대 위에는 남동생이 누워 있었다. 유모와 어머니는 서로 남동생을 자기 아이라고 하면서 아기를 어르고 까불렀다. 어머니는 두려움의 대상이며 강인했고 유모는 심술궂어 사랑의 대상에서 배제된 여자아이는 가슴이 녹고 무력감을 느낄 뿐이었다. 아버지는 키가 크고 체격은 좋았으나 민감하고 쉽게 고통받는 얼굴이었고, 딱딱하고 나무라는 음성으로 말하는 어머니의 불만을 짜증스럽게 듣고 있었다. 화자는 조그만 여자아이로부터 고통스러운 감정의 강력한 파동이 발산되는 것을 느꼈다. 여자아이는 나이를 먹어가며 아프고 신경질적인 소녀로 자랐고 여전히 바쁜 어머니는 몹시 지친 표정으로 사랑을 구하는 소녀에게 당혹스러운 표정을 감추지 못했다.

그러던 어느 날 끊임없이 들리는 낮은 흐느낌 소리를 견디지 못해 벽 뒤를 찾았을 때 화자는 에밀리의 어머니의 어린 시절을 만나게 되었다. 소녀는 자신의 배설물을 먹고 시트와 담요와 침상과 얼굴과 머리카락에 칠하다가 매를 맞고 비명을 질렀다. 그러고는 뜨거운 물에 씻겨진 뒤 수치심 속에 혼자 놓여 있었다. 화자는 그 소녀를 안아주었고 부드러운 머리칼을 만져주었다. 그러면서 마침내 그 모든 어린 시절이 에밀리의 어린 시절이며 에밀리의 어머니의 어린 시절이기도 하다는 걸 알게 되었다(에밀리는 도리스의 어머니의 이름이기도 하다). 현실의 공간에서 에밀리는 점점 성숙해가고 마침내 벽 너머의 세계로 웃으면서 돌아갔다.

『생존자의 회고록』은 도리스가 자신의 어린 시절의 모습을 되돌아보게 했고 '외할머니, 어머니, 그리고 자신에게 계승되는 무정한 모녀관계의 원인을 이해'하도록 하는 텍스트가 되었다.[12] 화자가 울고 있는 아기였던 에밀리의 어머니를 안아주면서 무정한 모성이 대대로 계승되는 연결고리가 끊어졌다.[13] 『생존자의 회고록』의 현실의 세계에서도 화자는 배고픔과 추위, 약탈과 살인으로부터 에밀리를 끝까지 지키고 에밀리는 고양이 휴고를 끝까지 지켜서 에밀리와 휴고는 벽 너머의 세계로 무사히 돌아갈 수 있었다. 그러나 실제 도리스의 세계는 그렇지 못했다. 제니가 통렬하게 밝힌 것처럼 피터의 삶은 황폐했고 제니가 그들과 함께 살면서 그렇게 되기 시작했다는 것은 제니로서도 부인할 수 없는 사실이었다.

『생존자의 회고록』에서 에밀리의 어머니는 거대하고 강인한 여성이었고 딱딱하고 나무라는 음성으로 계속 말하고 또 말했는데 그 내용은 이런 것이었다. 그녀가 에밀리를 위한 시간을 도저히 낼 수 없다는 것, 에밀리는 요구가 많은 아이라는 것, 에밀리로 인하여 자신이 책을 펼 시간조차 결코 낼 수 없는 여자가 되리라고는 상상도 못했다는 것, 공부는 고사하고 책을 읽을 힘도 없다는 것 등등이었다.

에밀리의 어머니는 사회가 그녀를 위해 선택해준 결혼과 자신의 아이들을 갖는다는 목표에 따랐으나 그 삶이 실제로 어떨 것이라고는 누구도 말해주지 않아서 고뇌와 당혹감 속에 혼자 고립되어 있다고 했다. 그리고 딱딱하고 나무라는 음성을 듣는 주체는 에밀리가 아니라 화자로 바뀌었다. 그 음성을 계속 들으면서 화자는 태어났다는 것 자체에 대한 죄책감, 즉 고통과 성가심과 까다로움을 유발하기 위해 태어났다는 것에 대한 감정들을 결코 막을 수 없을 것이고 그 쓰라리고 숨죽인 불만의 소리가 언제나 거기 있을 거라고 생각했다.

도리스의 외할머니와 어머니의 이름이 에밀리였는데 『생존자의 회고록』에서 벽 너머에서 온 소녀의 이름이 에밀리라는 설정은 세 에밀리가 처한 입장이 모두 같다는 것을 보여주기 위해서였을 것이다. 그러므로 『생존자의 회고록』에서 에밀리의 어머니가 말하는 내용은 도리스의 외할머니, 도리스의 어머니가 말하고 싶었던 것이었고, 사실은 도리스의 첫번째 결혼에서 도리스가 말하고 싶었던 내용이라는 생각이 든다.

『생존자의 회고록』에서 화자는 벽 너머의 세계에서 갑자기 나온 에밀리를 마지막까지 보호하고 성장하게 했다. 그러나 창작의 세계 속과는 달리 현실 세계의 도리스는 이 문제를 여전히 풀지 못했다. 제니가 떠난 후에도 피터와 같은 공간(통로를 턴 옆집)에서 살던 도리스는 피터가 죽은 지 수개월 후 아흔넷에 세상을 떠났다. 아이 둘을 전남편에게 맡겨두고 런던으로 이주해 세계적인 소설가가 되었지만 그녀에게 가족의 문제는 영원히 풀지 못한 수수께끼였다. 성공적인 작가이면서 어머니여야 했던 그녀였지만 어린 시절로 돌아가 위로받고 싶은 아이의 내면이 여전히 남았다. 단지 소설 속에서만 어머니의 어린 시절과 자신의 어린 시절로 돌아가서 아기였던 어머니를 안아주고 벽 너머의 세계로 무사히 돌아갈 수 있게 지켜줄 수 있었을 뿐이다.

모성이라는 신화

한때 페미니즘의 전사처럼 여겨지기도 했던 도리스는 실은 어머니로부터 끝없이 도망치던 아이였다. 그 힘들었던 경험 때문에 자신의 아들과 딸을 아프리카에 두고 런던으로 왔으나, 마지막까지 함께한 아들의 인생에 대해서는 제대로 손을 써보지도 못하는 모습을 보였다. 『다섯째 아이』나 우리말로 번역되지는 않았지만 『세상 속의 벤』 (*Ben, in the World*, 2000)이 피터를 이해하려는 자신의 노력을 담은 책이 아니었을까 짐작해본다.

도리스의 어머니가 『생존자의 회고록』의 벽 너머의 세상에서 살던 에밀리처럼 부모의 사랑을 받지 못한 소녀였고, 도리스 또한 어머니와 '무정한 모녀관계'를 떨쳐버리기 위해 부단히 노력해야 하는 사이였던 것은 전통적인 가치를 중시하고 사람들의 평가를 앞세웠던 당시의 문화와 밀접한 관련이 있다. 그리고 도리스가 아들인 피터와의 관계 맺기에 실패한 것은 그녀의 사회적 활동과 개인적인 삶의 갈등에서 기인한 부분이 컸을 것이다.

『생존자의 회고록』에서 개인적인 공간과 비개인적인 공간이 다른 영역에서 별개로 존재했고, 개인적인 공간에 들어가는 일은 감옥에 들어가는 것인 데 비해 비개인적인 공간은 대안적인 행동이 가능한 공간이었다는 것은 도리스가 느꼈던 갈등이 얼마나 실제적이었는지를 알 수 있게 한다. 그러나 모성이라는 신화는 어떤 가치관하에서도 궁극적인 책임을 묻기 위해 동원된다.

버지니아 울프는 집안의 천사였던 어머니가 죽은 후 언니와 함께 그 자리를 지키지만 아버지의 죽음으로 천사의 자리에서 놓여나면서 안도한다. 그후에는 비록 양극성 장애로 인하여 고통받긴 했으나 온전히 자기만의 삶을 살아낼 수 있었다.

앞서간 작가들이 고군분투하여 누구는 이겨내고 누구는 실패를 거듭하는, 모성이라는 신화와의 싸움은 같은 문제에 맞닥뜨린 여성들에게 사실 교훈이 될 수는 없다. 사회적 활동과 가정의 천사가 되는 것은 함께 가기 어려운 문제인 데다, 각자가 겪는 문제는 개별적이기 때문이다. 그러나 어려움을 함께 겪고 실패로 인한 좌절감도 함께 나눈다는 정서적인 유대감은 많은 위안을 줄 수 있다.

내가 도리스를 이해하고 연민을 가지게 된 것은 1980년대 우리 사회에서 전문직 여성으로서 살아남아야 했던 나 자신의 스토리가 포개어졌기 때문이다. 전업주부의 완벽한 뒷받침을 받는 이른바 엘리트 남성이 주류를 차지하는 집단에서, 여성이기에 그들보다 업무적으로 열등하다는 평가는 적어도 받지 않아야 한다는 목표하에 기를 쓰고 일해야 했다. 집으로 돌아오면 완벽한 집안의 천사로 살아가기를 요구받았던 시대였다. 간신히 집안의 천사와 싸워서 어느 정도 승리를 거둔다 해도 유령과 바위의 모습으로 나타나는 인습과 편견들과의 싸움에서 이기는 것은 가능하지 않았다. 앞으로도 긴 시간이 필요하다고 했던 버지니아가 예상했던 시간이 아직도 다 지나가지 않았는지는 모르겠지만, 지금까지도 많은 여성들이 여전히 떠안고 있는 문제이기도 하다.

버지니아는 해결할 수 없었던 일이라고 했지만 도리스는 이 문제에 정면으로 부딪쳤고 마지막까지도 이 문제에 몰두했다. 도리스가 마거릿 애트우드의 말처럼 20세기 작가들에 대한 러시모어산에 새겨질 인물로 꼽힐 수 있게 된 까닭은 이런 좌절의 경험을 진솔하게 써내려가서 버지니아가 말한 두번째 문제의 뿌리까지 파고들어갔기 때문이다. 마지막까지 극복해내려고 애썼던 가족의 문제가 위대한 작가를 낳았다는 것은 모든 창작자들이 부딪히는 보편적인 아이러니의 한 모습일지도 모른다.

마거릿 애트우드
누구도 누구의 시녀가
될 수 없다

페미니즘은 여성이 언제나 옳다고 믿는 게 아니다

마거릿 애트우드(Margaret Atwood, 1939~)는 1963년 파리에서 친구와 함께 공원의 벤치에 앉아 그 책이 머잖아 하나의 아이콘이 되리라는 걸 알지 못한 채 도리스 레싱의 『금색 공책』을 읽었다. 당시 짬짬이 읽던 시몬 드 보부아르와 달리 변방에서 갑자기 성공한 여성이라는 점에서 도리스가 캐나다에서 태어난 자신과 더 공통되는 부분이 있다고 생각했다.

애트우드는 도리스가 죽자 『가디언』에 기고를 했다. 바퀴가 돌 때 스파크는 가장자리에서 생기듯이 도리스의 어떤 에너지들은 변방이라는 점에서 나왔으며, 그녀가 양육된 방식 또한 자신과 다른 사람의 관점과 어려움을 이해하는 통찰력을 주었다면서, 20세기 작가들에 대한 러시모어산이 있다면 도리스의 얼굴 조각이 새겨질 것이 확실하다고 했다.

애트우드는 만일 누군가가 정말로 받아들여지지 않을 것이라는 걸 안다면(도리스의 경우 자신이 언제나 정말로 영국인이 되지는 않으리라는 것) 잃을 것이 별로 없다고 했다. 애트우드는 또한 도리스가 성별 격차라는 성문이 무너지는 순간에 자리한 중심축이 되는 인물이었으며, 이런저런 대비책을 세워두고 위험을 감수한다든지 적당히 해치우는 사람이 아니라 모든 일을 그녀의 심장과 영혼과 힘을 다해서 하는 사람이었다고 했다.[1]

1975년의 나는 갓 입학한 대학의 잔디밭에 앉아서 미국의 시사주간지 『타임』과 씨름하고 있었다. 외국어가 큰 약점이었으므로 강독모임에 참여해서 함께 『타임』을 읽기로 하고 내가 읽을 부분을 예습하던 중이었다. 갑자기 'women's lib'이라는 단어가 튀어나왔는데 나는 무슨 뜻인지 몰라서 당황했다. 당시 찾아보던 영어사전에는 'lib'이란 단어가 실려 있지 않았다. 전후 맥락을 따져서 읽어본 후에야 'liberation'이라는 단어를 축약해서 썼다는 걸 알게 되었고 여성해방운동이 'women's lib'이라고 불렸다는 사실을 뒤늦게 알게 되었다.

그래도 당시의 나에게는 여성해방운동이니 페미니즘이니 하는 것은 남의 나라의 일이었다. 빨리 사회에 나가서 자립하는 것이 나의 목표였을 뿐이었다. 법률가로서 교육을 받으면서도 기본적 인권이 보장되면 여성의 인권은 당연히 보장될 것이라고 생각했고 여성인권의 특수성을 따로 공부할 필요성도 느끼지 못했다. 그후 전문직 여성으로서의 삶과 결혼하고 아이를 키우면서 주부로서 살아가는 삶을 병행하면서 비로소 여성인권의 문제가 실감 나게 다가왔다.

나보다 열일곱살이 많은 애트우드도 비슷한 경험을 이야기하고 있다. 페미니즘의 역사로 말하자면 이 같은 고민은 여성의 투표권 등 정치적 권리를 쟁취하기 위한 제1세대 페미니즘을 잇는 제2세대 페미니즘의 고민이었다. 제2세대 페미니즘은 일상에서의 성평등을 얻기 위한 운동의 시기를 일컫는다. 이후 페미니즘의 역사는 계급, 인종, 문화 등 다양한 여성 간의 차이를 고려하는 제3세대 페미니즘과 디지털 매체를 기반으로 한 제4세대 페미니즘 등으로 다양하게 펼쳐져왔다. 애트우드는 이런 다양한 페미니즘을 구분하지 않고 뭉뚱그려서 페미니즘이라고 이름 붙이는 데 반대하면서 자신은 그런 의미에서는 페미니스트가 아니라는 의견을 여기저기에서 표명했다.

애트우드는 캐나다의 작가로 곤충학자인 아버지와 전직 영양사 겸 영양치료사인 어머니 사이에서 1939년 태어났다. 그녀는 어린 시절 아버지를 따라 오타와와 퀘벡 북쪽의 숲지대 사이를 왔다 갔다 하면서 보냈다. 당시의 캐나다는 문화적으로 변두리여서 결혼을 해서 아이 넷을 낳는 것이 이상적이고 원만한 가정생활로 공인되는 분위기였다. 여덟살이 되던 해부터 토론토에 살게 된 애트우드는 어린 나이인데도 부모님이 다른 이들의 눈에 별난 사람처럼 보일까봐 걱정하던 아이였다.

애트우드는 열일곱살 무렵 작가가 되겠다고 밝혔지만 부모님은 밥벌이가 되는 직장을 가지는 게 중요하다는 반응을 보였고, 어머니의 친구분은 그 일은 적어도 집에서 할 수 있는 일이라고 했다. 그러나 남성 예술가들은 결혼도 하고 아이도 가질 수 있었지만 여성 예술가에게는 그런 삶이 걸림돌이라 여겨지던 시절이었고, 여성 작가가 되는 일은 가정생활을 완전히 포기해야 하는 일이라는 사실을 주변의 누구도 알지 못했다. 정도의 차이는 있었지만 일반 직업을 가진 여성도 마찬가지였다.[2]

애트우드는 토론토 대학을 다니면서 시를 발표하기 시작했고 시인으로 먼저 유명해졌다. 처음에는 감상적인 로맨스물을 써서 돈을 벌면서 진지한 문학작품을 써보려고 했지만 포기했고, 다음에는 기자가 되어보려 했으나 여자는 부고기사나 여성 면 외에는 어떤 기사도 못 쓴다고 해서 포기해야 했다. 결국 반송 주소를 적고 우표를 붙인 빈 봉투를 넣은 다음 여자라는 사실이 드러나지 않도록 이니셜로만 이름을 쓴 후 평판 좋은 문학 잡지사에 작품을 부쳤다. 그렇게 해서 애트우드는 먼저 시인으로 출발할 수 있었다.

『시녀 이야기』(*The Handmaid's Tale*, 1985)가 나오기 전에도 그녀는 이미 유명한 작가였지만 『시녀 이야기』가 출간되고 텔레비전 시리즈로 만들어지면서 대중적인 인기도 올라갔다. 2017년 한 인터뷰에서 배우 엠마 왓슨은 『시녀 이야기』의 드라마판 방영 시점에 맞추어 『시녀 이야기』가 '페미니스트 소설'이냐는 이야기가 끝없이 나오는 것이 '지겹지' 않은지, 또한 페미니스트라는 단어에 대해 전반적으로 어떻게 느끼는지 애트우드에게 물었다. 이 질문에 애트우드는 이렇게 답했다. "나는 지겹지 않다. 하지만 우리는 '페미니스트'가 온갖 다른 것들을 지칭할 수 있는 일반적인 단어 중 하나가 되고 있다는 걸 깨달아야 한다." "그게 법적으로 평등한 권리를 가지고 있다는 뜻인가? 여성들이 남성보다 낫다는 뜻인가? 모든 남성들을 절벽 아래로 밀어버려야 한다는 뜻인가? 우리는 무슨 뜻으로 말하고 있나? 왜냐하면 그 단어는 여러 다른 의미들을 가져왔기 때문이다." 애트우드는 자신에게 있어 페미니스트라는 것은 모든 여성들이 하는 모든 말에 동의하는 것도, 상대가 여성이라는 이유만으로 상대의 정책이나 믿음을 맹목적으로 지지하는 것도 아니라고 강조했다.[3]

『시녀 이야기』에서 시녀들이 입었다고 묘사된 복장을 하고 미국의 전 대통령 트럼프가 근무하는 백악관 앞에서 시위를 벌였던 여성들이 이 말을 들었으면 서운했을 수도 있었을 것이다. 그러나 애트우드의 말은 다양한 방식으로 쓰이는 페미니즘을 내용을 따지지도 않고 무조건 비판하거나 지지하는 것은 진정한 페미니스트의 태도가 아니라는 말로 이해된다.

더구나 『시녀 이야기』나 그 후속작인 『증언들』(*The Testaments*, 2019)이 다루는 문제를 페미니즘의 문제라고만 한정시켜서 받아들이게 되면 문제를 좀더 확장해서 보기가 어려워진다. 가부장제를 기반으로 한 전체주의 국가를 배경으로 하고 페미니즘을 기반으로 하고 있는 소설들이지만, 기본적으로는 권력이 스스로 신격화하여 비인격화되고 관료주의화하는 세계를 단순명료하게 보여주면서 그런 세계에서 가장 힘이 없는 계층인 여성이 어떻게 취급되는지를 드러내기 때문이다. 그래서 애트우드는 『시녀 이야기』를 페미니즘 소설의 테두리에 가두는 데 동의하지 않았을 것이다.

여성 예술가가 탄생하는 과정

나는 『고양이 눈』(*Cat's Eye*, 1988)을 먼저 읽고 나서 그녀의 작업에 호기심이 생겨 『시녀 이야기』를 비롯한 다른 소설들을 열심히 찾아 읽었다. 『고양이 눈』은 예술가의 길로 들어선 한 여성이 페미니스트 일원과 따로 또 같이 활동하면서 예술가로서의 자신의 지향을 또렷이 해나가는 과정을 보여주는 소설이다. 그래서 필연적으로 페미니즘에 대한 애트우드의 생각도 곳곳에서 피력되고 있다. 애트우드는 자신의 소설이 자신의 삶과 동일한 것으로 받아들여지는 것에 반대하지만 『고양이 눈』의 주인공 일레인의 어린 시절은 애트우드의 어린 시절과 유사하여 거의 자전적인 것으로 받아들여지고 있다.

소설 속에서 화자인 일레인은 작가 애트우드처럼 곤충학자인 아버지와 함께 늘 여행을 했다. 차체가 낮고 크기는 보트만 한 자동차의 뒷좌석에 타서 후미진 길이나 북쪽으로 향하는 2차선 고속도로를 따라가다가 호수들과 언덕들을 지나기도 하는 긴 여행이었다. 점심때가 되면 길가에 차를 멈추고는 돗자리를 깔고 어머니가 만든 점심을 먹었다. 아버지가 나무 아래에 방수포를 깔고 나무 등치를 도끼 뒷부분으로 쳐서 쐐기벌레를 떨어뜨리면 일레인과 오빠는 그 벌레를 수집용 병에 주워 담았다. 하루가 저물면 텐트를 치고 돗자리와 공기주입 매트리스를 깔고 모닥불 주위에 앉아 저녁을 먹고 슬리핑백에서 잠을 잤다. 겨울에는 좀 큰 마을의 아파트에서 머물렀다. 이때의 일레인의 삶은 행복했다.

아버지가 숲과 곤충 현장연구원에서 토론토 대학의 교수로 직업을 바꾸면서 가족들은 토론토에 정착하게 되었다. 일레인 역시 정규학교에 적을 두게 되면서 드디어 살아 있는 진짜 여자아이들 사이에 남겨졌다. 그러나 여자아이들에게 익숙하지도 않고 그들 사이에서 통용되는 관습도 알지 못해 일레인은 금세 한동네 여자아이들 사이에서 이른바 왕따가 되었다. 그중 우두머리 격인 코딜리어가 눈이 내려서 얼어붙은 협곡으로 일레인의 모자를 던져버려서 일레인은 가파른 언덕을 내려가 모자를 집다가 시냇물에 빠지는 바람에 죽을 고비를 넘겼다. 젖은 몸으로 시냇가에 누워서 어두워지는 하늘을 보던 중 나직한 목소리로 일레인을 부르는 소리에 다리 위를 보자 검은 후드를 쓰고 공중을 걸어오던 긴 치마의 동정녀 마리아가 손을 내밀었다. 이후 일레인은 그 친구들로부터 벗어나지만 그때의 상처는 쉬이 잊히지 않았다.

일레인은 대학에서 예술과 고고학으로 진로를 바꾸었고 토론토 예술학교의 야간강좌에서 실물화 강좌를 들었다. 졸업 후에는 책 표지 만드는 일을 했다. 같은 강좌를 듣던 존과 결혼하고 딸도 낳았지만 두 사람은 어른이 된 것에 대해 완전히 책임지고 싶어하지 않았다. 어린아이로 남아 있을 권리를 두고 싸웠다.

일레인은 여성 예술가들의 모임에 참석했다. 그들은 남자에 대해 많은 이야기를 나누었다. 그러나 강간당했던 경험, 직장에서의 차별, 가사를 여자들에게 떠넘기는 문제, 둔감하고 자기감정을 대면하기를 거부하는 남자들의 태도 등 남자의 유죄를 증명하는 일에 열심이었던 여성들과 달리 남편과 아이가 있는 일레인은 불안정한 입장이었다. 남자 곁에 계속 머물러 있는 것 자체가 잘못이라는 생각이 들게 했기 때문이었다. '자매애란 어려운 개념이야, 나는 자매가 없었으니까'라고 일레인은 중얼거렸다.

일레인은 모임에서 만난 여성들과 그룹 전시를 했다. 그녀는 식료품이 가득 든 갈색 종이봉지를 들고 지상으로 하강하는 동정녀 마리아를 그린 작품과 스미스 부인을 그린 작품 등을 전시회에 출품했다. 스미스 부인은 어릴 적에 일레인을 골탕 먹였던 세명의 여자 친구 중 한명의 어머니로, 뚱뚱했으며 늘상 날염 무늬 실내복을 입고 가슴판 달린 앞치마를 두른 채 부엌 개수대에 서 있거나 응접실의 의자 위에서 길게 누워 쉬고 있었다. 일레인은 스미스 부인의 가족들과 함께 영국 국교회의 교회에 나가고 주일학교에서 성경 이야기를 배우기도 했다. 그러나 스미스 부인이 자기 여동생에게 일레인 가족을 흉보고, 아이들이 일레인을 괴롭히는 것은 하나님의 심판이라고 말하는 걸 우연히 듣게 되면서 일레인은 증오로 얼어붙었고 더이상 하나님에게 기도하지 않기로 결심했다.

전시 첫날 갑자기 스미스 부인과 비슷한 연령의 여자

가 전시장에 나타나서 "당신은 주님의 이름을 함부로 이용하고 있어"라고 외치면서 잉크를 병째 스미스 부인 그림 연작에 던졌다. 다음 날 신문에는 '페미니스트 소동에서 큰 싸움이 벌어지다'라는 제목의 기사와 손으로 입을 막고 있는 일레인, 그리고 벌거벗은 스미스 부인이 잉크를 뚝뚝 떨어뜨리고 있는 사진이 실렸다. 일레인의 작품은 '페미니즘이라는 레몬의 신맛이 약간 곁들여진 순진한 초현실주의'라는 비평을 받았고 아주 많은 관객들이 전시회를 찾았다.

존과 헤어진 일레인은 딸을 데리고 캐나다의 서쪽 끝인 밴쿠버로 옮겨갔다. 일레인은 토론토에서의 전시회로 소소하고 모호한 명성을 얻은 뒤라서 그곳에서 주로 여성들로 이루어진 여러 그룹 전시회에 초청받았다. 이 여자들의 상당수는 레즈비언이었고 이들은 파티에서 일레인에게 문초처럼 느껴지는 유도 질문을 했다. 일레인은 별다른 입장과 주장을 가지지 못하는 것에 대해 죄책감을 느꼈다. 그들은 일레인을 개선시키고 싶어했지만 일레인은 그들의 방식을 따라가지 못했다.

일레인은 그런 여자들의 모임을 피했다. 대신 보육원에서 만난, 혼자서 아이를 키우는 엄마들과 서로의 아이들을 맡아주고 무해한 불평들을 늘어놓기도 하면서 더 깊은 상처를 보지 않으려 노력했다. 일레인의 그림들이 점점 더 높은 가격에 팔리고 캐나다의 동부와 서부는 물론 뉴욕에서 전시회가 열리기도 했다. 그리고 여행사를 운영하는 벤을 만나 평화로운 삶을 누렸다. 일레인과 벤과의 사이에서도 딸이 태어났다. 시간이 흘러 일레인은 회고전을 열기 위해 토론토로 왔다.

회고전에서 정면으로 보이는 작품은 회색 머리핀으로 고정한 왕관 모양의 머리를 하고, 감자 같은 얼굴에 안경을 쓰고, 젖가슴을 거대한 하나의 덩어리처럼 보이게 만드는 가슴판이 달린 꽃무늬 앞치마만 입은 스미스 부인이었다.

전시회는 연대기적 구성으로 이루어졌는데 초기 작품들로는 "여성적 상징주의 영역과 가정용품이 지닌 카리스마적 본성에 대한 리슬리(일레인)의 초기 공격"이라는 작품 설명과 함께 토스터, 커피 여과기, 어머니의 탈수 세탁기 그림이 걸렸다. 중기 작품은 일레인이 다니던 실물화 강좌의 미술선생이면서 일레인을 유혹했던 조제프와 일레인의 전남편 존을 그린 그림이었다. 그들의 근육과 여성에 대한 모호한 생각들을 그리고자 했다. 그리고 다수의 스미스 부인이 있었다.

스미스 부인의 눈은 독선적이고 돼지 같고 금속테 안경 속에서 잘난 체하는 눈이라고 생각해왔지만, 한편으로는 불확실하고 우울하며 사랑받지 못하고 의무에 눌린 눈이고 소도시의 닳아빠진 체면의 눈이기도 했다. 일레인은 스미스 부인을 통해서 자신을 볼 수 있었다.

그리고 마지막 작품군은 새로 그린 그림들이었다. 유화물감으로 그린 풍경에서는 의외의 장소에 점심을 만드는 부모님의 모습을 마치 피터르 브뤼헐의 그림에 숨겨져 있는 바다에 빠진 이카로스의 다리처럼 숨겨두었다. 그리고 어린 시절 유대계여서 은근히 배척당하고 있던 이웃의 핀스틴 부인과 자신을 격려해준 스튜어트 선생, 아버지를 돕던 인도인 제자 바네르지씨를 그린 「세 뮤즈」라는 작품과 비행기 테러로 죽은 오빠를 위해 그린 「한쪽 날개」라는 작품이었다. 한쪽 날개는 오빠가 어린 시절에 늘 부르던 노래의 한 구절이었다.

네번째 그림은 「고양이 눈」이라는 제목으로 코 중간부터 그 위쪽만 그린 일종의 자화상이었다. 고양이 눈은 어린 시절 구슬치기를 할 때 가장 높이 쳐주던 구슬의 하나로서 투명한 유리 안에 빨강, 노랑, 초록, 파랑 꽃잎이 들어가 있는 구슬이었다. 고양이 눈은 먼 행성에서 온 외계인의 눈처럼, 알려지지 않은 어떤 존재의 눈 같았다. 일레인은 고양이 눈 구슬이 자신을 방어하는 힘을 가졌다고 믿었고 고양이 눈을 통해서만 살아 있다는 느낌을 받았다.

마지막 그림은 「통일장 이론」이라는 제목이었다. 통일장 이론은 저명한 학자였던 오빠가 토론토에서 했던 강연의 제목에 나오는 물리학 이론이다. 당시 오빠는 창조의 첫 순간과 통일장 이론을 결부시켜서 강연했다. 일레인은 한겨울에 계곡에 빠졌을 때 자신에게 모습을 비추었던 베일을 쓴 여자가 중심부가 파란 커다란 고양이 눈 구슬을 들고 다리 난간의 가장 높은 곳 위에 떠 있는 그림을 그렸다. 그녀는 "잃어버린 것들의 동정녀"였다.[4] 다리 밑에는 망원경으로 관찰한 것 같은 밤하늘이 펼쳐져 있었다.

인터뷰하기 위해 온 젊은 여성 기자는 많은 사람들이 일레인을 페미니스트 화가라고 부르는데 페미니즘을 어떻게 보는지 물었다. 일레인은 "나는 정책이니 강령이니 하는 거, 고립된 집단 같은 건 싫어해요"라고 답하여 젊은 여성 기자를 실망시켰다. "그러니까 페미니스트로 분류되는 것은 당신에게 의미가 없다는 건가요?" "나는 여자들이 내 작품을 좋아한다는 게 좋아요. 왜 그러면 안 되죠?"질문과 답변은 평행선을 달렸다. 기사는 '기벽의 예술가는 여전히 소요를 일으키는 힘을 지녔다'는 제목으로 연예면 첫 페이지를 장식했다. 벌거벗은 스미스 부인이 공중을 날아가는 작품과 초승달 모양의 과도와 껍질 벗긴 감자를 들고 있는 모습을 그린 작품, 그리고 작가의 얼굴이 함께 실렸다.

『고양이 눈』은 여러가지 이야기를 담고 있어서 읽는 사람의 상황에 따라 끌리는 부분이 달라질 수 있다. 토론토의 학교에서 따돌림을 당하던 어린 시절에 초점을 둘 수도 있고, 결혼하고 딸을 키우는 과정에서 조금씩 깨닫게 되는 여성이 처한 현실, 페미니스트와의 모임에서 느끼는 미묘한 차이들, 그리고 살아 있다는 의미 자체를 지켜주는 고양이 눈과 모든 잃어버린 것들을 지켜주는 동정녀의 숨은 뜻을 따져볼 수도 있다.

내게 가장 인상적이었던 것은 소설의 거의 마지막 부분으로 일레인이 자신의 전시회를 관람하는 대목이다. 통일장 이론에 관한 오빠의 강연과도 연결되는 이 부분에서 일레인은 창조의 첫 순간으로 거슬러 올라가서, 또는 그 첫 순간을 넘어서는 모든 시공간에서 무엇인가를 건져

내고 재현하려 했다고 자신의 창작행위를 설명하고 있다. 애트우드는 이 소설을 통해 한 여성 예술가가 탄생하는 과정을 그리고자 했고, 그래서 끝없이 과거로 되돌아가는 구성을 취했다.

 페미니즘이 다양하게 발전해가는 시대인 만큼 애트우드는 여성예술가의 탄생에서 페미니즘에 대한 이야기를 피하려 하지는 않았지만, 여성예술가를 총체적인 예술가로서 평가하려 하지 않고 소요를 일으키는 페미니스트로서만 평가하는 것은 옳지 않다는 지적도 함께 하고 있다. 애트우드가 어린 시절을 숲속에서 보낸 것은 그녀에게 자신이 스스로 결정해야 한다는 생각을 하게 했고 여성성이라는 코드와도 비판적인 거리를 두도록 한 것도 같다.『고양이 눈』이『시녀 이야기』가 나오고 3년 후에 발표된 소설이었던 만큼『시녀 이야기』가 과도하게 페미니즘적으로만 논의되는 분위기가 불편했던 것은 아닐까 마음대로 짐작해본다.

시녀 이야기, 가부장제의 디스토피아

『시녀 이야기』는 1990년대 말경에서 2000년대 초까지의 시대를 배경으로 한 소설이다. 미국이 극우적 기독교 근본주의자들의 손에 넘어가면서 나라 이름도 길리어드로 바뀌고 출산이 가능한 여성들을 잡아들여서 시녀로 만들어 씨받이로 사용한다는 설정을 바탕으로 한 디스토피아를 그리고 있다. 『시녀 이야기』는 영화나 뮤지컬, 오페라, 텔레비전 시리즈로 만들어졌고 애트우드는 드라마 첫 회에 카메오로 출연하기도 했다. 2017년 텔레비전 시리즈를 접한 독자들이『시녀 이야기』의 뒷이야기를 써달라고 요청해오자 2019년 애트우드는『증언들』이라는 제목으로 뒷이야기를 발표했다.

『시녀 이야기』는 20세기 후반 지금의 보스턴을 중심으로 한 미국이 전쟁과 내전, 오염 등에 시달리다가 길리어드로 바뀐 후를 그리고 있다. 사령관 프레드의 씨받이로 있던 오브프레드가 탈출하는 이야기가 중심이다. 그러나 그 탈출이 성공하는지 실패하는지는 알려지지 않은 채 소설은 끝난다.

후속작인『증언들』은 길리어드 국가가 들어서는 초기

의 모습과 몰락으로 나아가는 이후의 모습을 조금 더 체계적으로 보여주면서 『시녀 이야기』의 궁금증을 많이 해소했다. 『증언들』의 마지막에서는 2197년 6월 메인주에서 열린 길리어드 연구 13차 심포지엄에서 파익소토 교수가 하는 발표를 다루고 있다. 그때까지는 21세기 디지털 블랙홀이 저장데이터를 부식시켜서 많은 정보가 유실되었고, 길리어드의 대리인들이 자체 기록과 상충되는 데이터를 소거하기 위하여 여러 서버 팜과 도서관을 파괴해 길리어드와 관련된 자료의 연대를 정확히 알 수 없었다. 그런데 발표로부터 몇년 전 길리어드의 시녀라고 알려진 오브프레드의 녹음테이프가 발견되었고 리디아 아주머니가 쓴 원고 등 자료들이 속속 발견되어 연구가 진척될 수 있었다는 것이었다. 그리고 이 새로운 자료들은 오브프레드와 그녀의 가족들이 길리어드를 탈출하여 무사히 만날 수 있었다는 걸 암시했다.

『시녀 이야기』의 주인공 오브프레드는 작은 도서관에서 책들을 컴퓨터 디스크에 옮기는 작업을 하던 직원이면서 남편 루크와 어린 딸과 함께 살고 있었다. 홍수, 화재, 토네이도, 허리케인, 가뭄, 물 부족, 지진 등 상황이 악화일로로 치닫자 '야곱의 아들들'이라는 수뇌부를 중심으로 한 조직이 대통령 취임식에서 대통령을 쏘아 죽이고 의회를 기관단총으로 쓸어버렸다. 법원은 폐쇄되었으며 군대는 계엄령을 선언하여 헌법의 효력을 정지시켰다. 텔레비전에 나온 그들은 이슬람 광신주의자들이 모든 일을 일으켰으며 상황은 통제되고 있다고 말했다. 신문은 검열받았고 몇몇 신문사는 폐쇄되었다.

야곱의 아들들은 어렵지 않게 정권을 장악하고 길리어드라는 하느님 왕국을 지상에 세웠다. 길리어드는 인종차별과 가부장제를 기반으로 한 극단적인 전체주의 국가였다. 길리어드 이전 사회부터 낙태, 불임, 매독이나 에이즈 등 전염병의 만연으로 성생활에 활동적인 젊은이들 상당수가 출산집단에서 제외되었고, 폐기되는 독극물과 생화학 무기의 재고 등에서 흘러나온 물질이나 다양한 원자로 사고와 원자로 폐쇄, 화학물질 남용 등으로 사산, 유산, 유전적 기형이 널리 퍼져 있었다. 특히 북반구 코카서스 사회 전반의 출산율 하락은 다른 인종에 비해서 훨씬 심각했다.

길리어드는 재혼과 혼외정사를 한 여성들을 출산을 위해 징집하여 엘리트 집단에게 할당했고 그 여성들이 기르던 아이들을 강제로 빼앗아 자식 없는 고위층 부부들에게 입양시켰다. 주인공 오브프레드는 남편 루크와 딸과 함께 캐나다로 탈출하려다가 붙들려서 재교육을 받고 시녀가 되어서 프레드라는 사령관에게 할당되었고, 그녀의 딸 아그네스는 사령관 카일의 집에 입양되었다. 『시녀 이야기』는 오브프레드가 사령관 프레드의 운전수 닉의 도움으로 탈출을 시도하기까지의 이야기를 담았다.

『증언들』은 세 여자들의 증언으로 구성되었다. 판사로 일하다가 쿠데타 후 갑자기 체포되어 스타디움에 수용된 뒤 위협과 회유를 당한 끝에 시녀를 비롯한 여자들을 위한 영역을 조직하는 일을 맡게 된 리디아 아주머니와, 오브프레드의 딸로서 길리어드에서의 탈출에 실패하고 사령관 카일의 집에 입양된 아그네스, 사령관 프레드의 아내 세레나 조이의 음모로 출산을 위해 사령관의 운전수 닉과 성관계를 하게 된 오브프레드가 출산한 후 캐나다로 빼돌려진 딸 니콜이 그들이다. 니콜은 길리어드로 위장 침투하여 리디아 아주머니가 제공한 길리어드 고위 관리들의 사적 비밀과 음모를 폭로하는 자료를 가지고 아그네스와 함께 무사히 길리어드를 탈출했다. 그 비밀이 공개되자 길리어드 내에서 대규모의 숙청이 시작되었고 약화된 정권은 쿠데타와 민중항쟁 등으로 결국 무너졌다.

길리어드가 신정국가인 것은 길리어드의 조직 자체에서도 엿보인다. 예를 들어 권력자들은 '신자들의 사령관'이며 육군은 '묵시록의 천사들', 공군은 '빛의 천사들'이라고 불렸고, 경비나 질서유지 업무를 하는 자들은 '신앙의 수호자'로 불렸으며, 시녀들을 교육하는 기관은 '라헬과 레아 재교육 센터'라고 불렸다. 학교에서도 성경에서 빌려온 에피소드들을 윤색해서 가르쳤다.

장벽에는 동성애자나 종파 전쟁에서 패배한 성직자 등 체제에 저항한 사람들의 시체가 걸렸다. 또한 장벽을 등지고 왼쪽으로 조금 더 걸어가면 '영혼의 두루마리'라는 이름으로 알려진 가게가 '성스러운 윤전기'에서 기도문을 찍어냈다. 전쟁에서의 승전보를 축하하기 위해 기도부흥성회가 열리기도 했고, 여성과 남성을 분리하여 구제 행사가 치러졌다. 죄수들이 구제 절차에서 책을 읽었다는 이유로 손이 잘렸으며, 사령관의 아내를 죽이려고 한 여자의 목이 매달렸다. 그리고 강간으로 기소된 남자에 대해 참여처형이라는 이름으로 처형이 이루어지기도 했다.

오브프레드의 사령관 프레드는 길리어드 이전 사회에서는 남자들이 수고하고 싸울 필요가 없어서 감정을 느낄 수가 없었고, 섹스나 결혼에도 아무런 흥미를 느끼지 못하는 사회였으므로 남자들에게 아무것도 남아 있지 않은 사회였던 것이 가장 큰 문제였다고 말했다. 그러면서 자신들은 더 좋은 세상을 만들 수 있다고 했다. 더 좋은 세상이라 해도 사정이 나빠지는 사람들이 조금 있게 마련이므로 큰 문제는 없고, 또 자신들은 빼앗은 것보다 더 많이 주었다고도 덧붙였다. 이전 사회에서는 결혼하고 아이들을 낳으면 남편들은 신물이 나서 사라져버리고 여자들은 복지기관에 신세를 져야 했고 안 그러면 남편이 식구들을 두드려 패기도 했었다. 여자가 직장을 가지고 있으면 아이들은 탁아소에 맡겨야 해서 한심한 봉급에서 비용이 나가는 걸 막을 수 없었다. 길리어드에서는 이런 문제들이 해결되었고 쉽게 남자를 얻는 여성들과 그렇지 못한 여성들 사이의 괴리감도 없어졌다. 결국 자신들이 만사를 자연의 섭리대로 되돌렸다는 것이었다.

그러나 여성들은 아내, 시녀, 하녀가 되지 않으면 독신 여성으로서 여성들의 교육과 훈련을 담당하는 아주머니, 이코노 처(빈처), 콜로니의 잡역부 또는 고위층의 비밀클럽인 이세벨의 집에서 고위직들에게 봉사하는 여성이 되는 수밖에 다른 선택지가 없었다. 남성들도 사령관 계급이나 의사 등 일부 전문직 종사자가 아니면 이코노 가정을 꾸리거나 천사나 수호자, 콜로니의 잡역부가 될 수 있을 뿐 다른 선택지가 없었다.

전체주의 국가는 위계질서를 기반으로 세워지지 않으면 유지되기 어렵고, 그 경우 사다리의 아래쪽에 놓인 집단일수록 선택의 여지가 줄어든다. 국가가 추구하는 이념이 종교적이든 비종교적이든 상관없이 선택된 소수 이외의 삶은 어려울 수밖에 없다. 그러므로 길리어드 역시 소수의 고위층 남성을 제외한 대부분 사람들의 삶은 큰 차이 없이 어렵고 힘든 사회가 될 수밖에 없었다. 종교적 이념 아래에서 더 좋은 세상을 세우겠다던 야곱의 아들들의 목표는 고작 수십년 만에 무너져버렸다. 애트우드도 자신이 담아낸 독재정치는 소수의 권력집단이 상위에 서서 온갖 좋은 것들을 독차지하는 형태라고 했다.[5]

길리어드의 사회는 숨이 막힐 정도로 전체주의적이며 반여성주의적이기에 애트우드는 페미니즘 소설을 쓰는 대표적인 작가로 꼽혔다. 어떤 리뷰에서는 애트우드가 향수병을 화염병으로 바꾸었다고 말할 정도였다. 그러나 애트우드는 페미니즘의 운동들이 일어날 무렵인 1969년 자신은 뉴욕이 아닌 캐나다의 에드먼턴에 있었는데, 그곳은 그 무렵은 물론 그후로도 한동안 페미니즘 운동이란 건 없었다면서 자신을 페미니즘 소설가로 한정 짓는 것을 거부했다. 자신은 어떤 특정 신념의 확성기가 되는 걸 원하지 않는다고도 했다. 또 『시녀 이야기』가 페미니즘 디스토피아를 그린 것도 아니라고 했다.[6] 그러면서 여자에게 목소리와 내면세계를 부여하기만 하면 페미니즘인지 반문했다.

애트우드의 말이 아니더라도 『시녀 이야기』는 페미니즘에 대한 이야기 같지만 자세히 뜯어보면 꼭 그런 이야기만은 아니다. 어떤 사회든 철저히 위계질서에 기반하게 되면 어떤 모습이 되는가를 보여주는데, 그런 위계질서의 대표적인 것 중 하나가 성(性)에 기반한 위계질서이므로 그것을 소재로 했을 뿐이다.

결국 애트우드는 그동안 많은 작가들이 그렸던 디스토피아를 종교와 가부장주의가 결합한 세계를 기반으로 해서 변주한 것뿐이었다. 만일 애트우드가 소유의 크기로 위계질서를 설계했다면 길리어드는 전혀 다른 모습이 되었을 것이다. 화려한 부의 세계와 극단적인 빈곤의 세계가 대비되어 그려졌을 것이기 때문이다. 물리적 폭력으로 위계질서를 세운 나라는 또 어떠할까. 상상조차도 하기 싫은 또다른 끔찍한 세상이 펼쳐졌을 것이다.

그러나 애트우드가 그린 길리어드가 그런 세계와 크게 다를 거라는 생각은 들지 않는다. 오히려 지금의 세상이 과연 이런 디스토피아들과 다른가 하는 생각이 문득 들기도 한다. 정도의 차이는 있겠으나 지금의 세상도 성과 자본과 물리적 폭력이 결합되어 위계를 세우는 세상이 아닌가 하는 생각 때문이다.

애트우드는 전체주의 체제가 인간의 성과 생식을 통제하려 한다는 설정은 그동안의 많은 전체주의 정권에서 있었던 일을 반영한 것이라고 했고 역사상 인간이 이미 어딘가에서 한 적이 없는 일은 아무것도 넣지 않았다고도 했다.[7] 지금처럼 세상이 계속 나아가게 된다면 필연적으로 도래할 세상조차 애트우드의 상상력의 범위를 벗어난 세상은 아닐 것이다. 다만 더 지독하고 절망적인 모습일 가능성이 남아 있을 뿐이다. 프란츠 카프카가 20세기 초의 프라하에서 내다본 세상이 바로 이런 미래가 아니었을까.

카프카와 쿤데라

끝이 보이지 않는
미로의 세계

프라하에서 카프카를 떠올리다

『성』(*Das Schloss*, 1926)은 프란츠 카프카(Franz Kafka, 1883~1924) 사후에 친구 막스 브로트에 의하여 발표된 미완성 장편소설이다. 밀란 쿤데라는 열네살 때 카프카의 『성』을 처음 읽었는데 그 무렵 집 근처에 살던 한 아이스하키 선수를 숭배해,『성』에 나오는 측량사 K의 모습을 그의 인상을 통해 상상했다고 한다.[1]

쿤데라처럼 나도 열네살쯤에『성』을 처음으로 읽었다. 친구의 집에서 빌려왔던 탓에 어디서 어떤 번역으로 출판되었던 책인지는 기억나지 않고 어렴풋이 주황색 표지를 한 문고판 정도의 작은 책이었던 것만 떠오른다. K와 조수들과의 실랑이가 답답했다는 느낌과, K와 프리다와의 만남이 이루어지는 헤렌호프가 어두운 동굴이나 지하실의 방 같은 이미지로 남았고, 끝내 성에 다가가지 못하는 K의 상황이 암울하다고 생각했던 기억이 있다.

몇년 전 프라하를 방문했을 때 바로 보였던 것은 블타바강 너머 언덕에 높이 솟아 있던 프라하성이었다. 성은 구시가지 어디에서나 올려다볼 수 있었고, 그 광경에서 곧바로 카프카의 『성』을 떠올렸다. 카프카가 어디에서 접근 불가능한 성이라는 이미지를 얻게 되었는지도 알 수 있었다.

카프카는 『성』을 쓰기 몇년 전에는 프라하성의 경내에 있는 연금술사의 골목에 작은 방을 얻어 저녁식사를 가지고 가서 한밤중까지 글을 쓰다가 집으로 돌아오는 생활을 한동안 계속했다. 소설의 앞부분에서 카프카는 유서 깊은 기사의 성이나 으리으리하게 새로 지은 건물이 아니라 옆으로 넓게 퍼진 시설물로 이루어진 성을 묘사했다. 그러면서 알 수 없는 탑 하나가 눈에 띄었을 뿐 성이라는 사실을 몰랐으면 조그만 도시라고 생각할 수 있을지도 모르겠다고 썼다.

멀리서 보는 프라하성 일대는 카프카의 말처럼 조그만 도시로 보이기도 했다. 나는 마치 카프카의 삶을 따라다니기라도 하는 것처럼 그가 다닌 학교, 그가 살던 집, 그가 근무하던 노동재해보험협회의 건물, 그가 자주 다녔다는 카페, 그가 소설을 낭독하던 홀을 찾아다녔다. 더러는 그대로 보존되어 있었고 더러는 관광객을 위한 염가 호텔이 되었거나 프랜차이즈 카페로 변해 있었다. 카프카의 아버지가 어린 카프카를 밤새 벌세워두었던 발코니가 있던 집은 지금은 한국어 메뉴판이 구비된 식당이 되었다. 그 집 안마당의 야외테이블에서 저녁을 먹으면서 이처럼 관광도시가 되어버린 프라하에서 카프카를 떠올리는 것이 이제는 더이상 별다른 의미가 없겠다고 생각했다.

저 뒤쪽 어디에

밀란 쿤데라(Milan Kundera, 1929~)는 같은 체코의 작가인 카프카에 대해 누구보다도 독창적인 해석을 하는 작가로 알려져 있다. 그의 소설에 관한 에세이 곳곳에 카프카에 관한 언급이 있고 2020년에는 체코의 가장 권위 있는 문학상인 '프란츠 카프카 상'을 받기도 했다. 그는 마르셀 프루스트, 제임스 조이스와 함께 카프카를 현대소설의 세 성자로 일컬으면서 그중에서도 카프카는 프루스트 이후의 새로운 지향을 펼친 작가라고 했다. 프루스트에게 있어서 인간의 내면적 세계가 하나의 기적이었다면, 카프카의 세계는 인간의 내면적 동기가 더이상 아무런 무게도 지니지 못하고 외부의 결정이 압도적인 것으로 되어버린 세계다. 카프카는 이런 세계에서 아직 인간에게 남아 있는 가능성은 어떤 것인지를 묻는다고 했다.[2]

쿤데라의 에세이집 『소설의 기술』(*L'art du Roman*, 1986)에는 「저 뒤쪽 어디에」라는 제목으로 카프카에 관한 본격적인 에세이가 한편 실려 있다. 이 글에서 쿤데라는 이제는 어학사전에 보통명사로도 실려 있는 '카프카적인 것'(kafkaesque)의 의미를 나름대로 요약한다.

첫째, 인물은 '보이지 않는 미로'의 성격을 가지고 있는 권력과 마주한다. 세계는 하나의 거대한 미로 같은 제도에 불과하다. 그 제도는 언제, 누구에 의해 만들어진 것인지도 알 수 없고 인간적 이해관계와는 아무런 상관도 없는 그 자체의 법칙만을 따른다. 둘째, 인간의 삶은 그림자에 지나지 않으며 진짜 현실은 다가갈 수 없는 비인간적이거나 초인간적인 세계에 있다. 그 그림자는 마치 플라톤의 이데아와도 흡사한 것이 환상의 영사막에 투영된 것이다. 그 세계는 종교적인 세계 같지만 사실상 권력이 신격화된 모든 곳에서 권력은 고유한 종교를 만들어내고 자신을 향한 종교적 감정을 촉발시킨다. 셋째, 벌을 받는 사람은 자기가 왜 벌을 받는지 도저히 알 수 없어서 자발적으로 자신의 죄를 찾고 스스로를 죄인으로 만든다. 넷째, 카프카의 세계에서 웃음은 비극적인 것을 좀더 견딜 만하게 만들어주는 것이 아니라 '코믹한 것의 무서움'으로 끌고 간다. 마치 물고기가 어항 속에 갇혀 있으면 물고기는 전혀 웃을 수 없고 물고기 앞에 있는 사람만 웃을 수 있듯이 자신에게는 조금도 재미있지 않은 이야기를 다른 사람들은 코믹하게 받아들인다.

쿤데라는 자신이 아직 프라하에 살고 있을 때 사람들이 당 청사를 카프카의 소설 '성'으로 지칭하고 당의 2인자를 '성'에 나오는 관리 '클람'으로 곧잘 부르곤 했다면서 클람이 체코어로는 '허깨비' 혹은 '속임수'라는 뜻이어서 잘 어울렸다고 한다. 그러나 카프카의 이미지가 프라하에서는 실생활과 혼동될 정도로 생생했다고 하여 카프카가 전체주의 사회를 예견했다거나 반대로 자본주의를 비판한 것이라고 단순하게 생각해서는 안 된다고 덧붙인다. '카프카적인 것'이란 권력이 점진적인 집중으로 스스로를 신격화하여 개인이 비인격화되고, 모든 제도들을 끝이 보이지 않는 미로로 바꾸어놓는, 관료주의화하는 세계에 대한 몽환적이고 상상적인 과장이기 때문이다. 전체주의 국가는 그러한 경향이 극단적으로 집중되어 있어서 산문적이고 물질적으로 과장된 모습을 하고 있다. 서구의 민주주의 국가에서 카프카의 소설들과 실제적 삶의 연결을 세계에 대한 신비주의적 표현이라고 이해하는 것은 서구사회의 사람들이 현실에 대한 감각을 치명적으로 잃어버렸기 때문에 그렇게 느낄 뿐이라고 한다.[3]

쿤데라의 카프카 읽기는 막스 베버가 말한 관료주의화와 정확하게 일치한다. 막스 베버는 민주주의, 사회주의 가릴 것 없이 일정한 규모 이상의 국가라면 관료주의화가 진행되고 있다고 보았다. 그리고 관료제란 "인간 삶의 가장 기본적인 배려를 전체적으로 조직하는 일이 전문 관료의 손에 달려 있는" 현상을 말하며 이런 관료제하에서는 사회적 제도나 기구들이 자체적인 논리에 의해 작동하게 되면서 개인들이 그 작동 논리에 예속되는 '무성찰적 담지자'로 전락해버린다. 그리고 막스 베버는 이런 관료주의화를 '근대화의 역설'이라고 했다.[4]

관료들로만 이루어진 관료주의적 세계는 명령과 규율,

복종만 있으며, 관료는 거대한 활동의 극히 일부분만 맡아 수행할 뿐이므로 행위는 기계적인 것이 되어버린다. 사람들은 자기가 하는 일의 의미를 알지 못하고, 관료들은 익명의 사람들 및 서류하고만 관계가 있을 따름이므로 그 세계는 추상의 세계로서 이 관청에서 저 관청으로 돌아다니는 것이 인간의 유일한 모험인 세계다.[5] 카프카는 관료주의적 세계 속에서 '끝이 보이지 않는 미로'라는 환상적 성격을 간파해냄으로써 관청이라는 작은 도구를 세계라는 거대한 규모로 확장시키는 데 성공했다.[6]

『성』의 줄거리를 요약하는 것은 사실 큰 의미가 없어 보인다. 베스트베스트 백작의 성에 측량사로 초빙된 K가 밤늦게 마을에 도착한 후 마을 사람들과 성의 관리의 심부름꾼들, 성의 관리들이 묵는 여관 '헤렌호프'의 주인 부부와 여급들, K의 직속상관인 마을의 촌장, 성에서 보내준 두 조수들, 촌장의 지시로 근무하게 된 학교의 선생들 및 학생들과 차례로 만나거나 부딪쳤다. 그러나 자신이 착오로 측량사로 초빙되었다는 점만 알게 될 뿐 성으로 갈 수 있는 길은 도무지 찾을 수 없고, 성의 관리 '클람'을 만날 수 있는 길도 없으며, 측량사로 일할 수도 없고, 마을에 정착하는 것조차 불투명했다는 것으로 짧게 요약할 수 있다.

미완성으로 끝나는 이 소설은 막스 브로트의 증언에 의하면 K는 투쟁을 중단하지 않지만 쇠약해져서 죽게 된다. 그러자 임종의 침상 주위에 마을 사람들이 모여들며, 이때 성에서는 K가 마을에 거주하는 권리에 대한 요구는 들어주지 않지만 특별히 마을에서 생활하고 노동하는 것은 허가한다는 결정이 내려오는 것으로 끝날 예정이었다고 한다.[7]

카프카가 죽자 브로트는 모든 것을 없애달라던 카프카의 유언을 무시하고 연이어서 카프카의 장편소설 세권을 출간했고 중요한 해설서를 출판하기도 했다. 그는 카프카의 이미지와 카프카 작품의 이미지를 만들어내고 카프카 연구의 한 방법을 만들어내기도 했다. 브로트는 카프카의 책들을 유럽 소설의 역사라는 큰 맥락이 아니라 카프카 그 자신의 전기적인 미세 맥락 안에서만 검토할 뿐이었다. 그 과정에서 카프카를 고독한 순교자처럼 만들었고, 카프카의 소설들에서 현대예술과의 연관성을 찾으려 하지 않고 종교적·정치적·정신분석학적 알레고리들을 해독하고 판독하려 할 뿐이었다고 쿤데라는 비판했다.[8]

『성』을 해석하는 방법은 일반적으로 다섯가지라고 한

다. 첫째는『성』을 카프카의 파우스트라 보고 신의 심판과 은총을 중심으로 풀어가려는 종교적 해석, 둘째는 계급투쟁의 입장에서 보려고 하는 공산주의적 해석, 셋째는 카프카의 부친과의 관계에서 보려는 심층심리학적 해석, 넷째는 실존주의적 해석, 다섯째는 시온주의적 해석이다.[9] 쿤데라는 이 중 첫번째, 두번째, 세번째 해석의 위험을 지적한다. 쿤데라에 의하면 세계의 획일화는 삶을 예측하고 계획하는 거대한 장치에 힘입어 엄청나게 진전되었고 사람들은 그 획일적인 삶의 행복감에 도취된 나머지 자신들이 걸치고 있는 획일성이라는 유니폼을 더이상 보지 못하게 되었다고 한다. 이 획일성 없이는 현실과의 관련을 가지지 못하고 획일성을 찾지 못하는 것은 인간적인 것의 바깥으로 추방당하는 일이며 그래서 측량기사 K는 인간적 유대의 정이 아니라 획일성을 절망적으로 찾고 다닌다는 것이다.[10] 이런 쿤데라의 해석은 네번째 실존주의적 해석의 범주에 들어간다고 볼 수 있다.

조지 스타이너는 오스트리아계 유대인 부모를 둔 프랑스에서 출생한 미국 국적의 비교문학자이자 평론가다. 간단한 언급에서도 짐작할 수 있듯이 다양한 언어를 자랑하는 박식가로 유명하다. 그는 카프카에 대해서도 그 특유의 방식으로 언급했다. 히브리 성서가 너무도 창의적이고 풍부하며 신의 영감으로 쓰인 것으로 읽히기도 하므로 세속작가들은 주해라는 방식으로만 작품활동을 할 수 있을 뿐이고 비트겐슈타인조차 "유대인은 분석가, 해설가, 잘해야 비평가지 창조자는 아니"라고 말할 정도지만, 카프카만이 소설을 성서나 탈무드처럼 무한한 다의성을 지닌 우화로 변형했기 때문에 위대한 작가의 반열에 오를 수 있었다는 것이다. 특히 카프카의 또다른 장편소설 『소송』 (Der Prozess, 1925)에 담긴 '법의 우화'는 세속문학이 토라 (율법서)에 덧붙인 유일한 부록이라고 했다.[11]

'법의 우화'는 독립된 단편으로도 읽힌다. 법 앞에 서 있는 문지기가 법 안으로 들여보내주기를 기다리며 수많은 세월을 기다리던 시골 사람이 결국 죽음에 이르렀고, 문지기는 입구를 걸어 잠근다는 이야기이다. 카프카의 『소송』에서 성당의 신부는 요제프 K에게 '법은 진실이라기보다 필연성'이라고 하면서 이 우화를 설명하고 있다. 마치 하느님이 모세를 통하여 이스라엘 민족에게 준 율법처럼 법은 무조건적인 명령이라는 것이다.

카프카는 단편소설 「유형지에서」(In der Strafkolonie, 1919)나 「만리장성 축조 때」(Beim Bau der Chinesischen

Mauer, 1930)에서도 법이나 황제의 밀지는 그 내용이 알려지지 않는다고 했다. 『성』에서 K의 투쟁의 결과는 삶이 끝난 후에만 명확하게 표현될 수 있을 것이고 자유는 삶의 피안에 있다고 빌헬름 엠리히는 해석한다. 카프카는 『성』에서도 '법의 우화'나 「유형지에서」와 같은 무조건적인 명령에 대해서 말하고 싶었던 것 같다. 이런 해석은 시온주의적 해석과도 통하지만 '무의미하지만 유효한 법'이라는 관료주의하에서의 '법'의 의미를 보여주는 것이라고 해석의 폭을 넓혀서 볼 수도 있다.

쿤데라는 카프카의 장편소설 『성』이 "평화로운 마을과 성의 세계에 사무실과 관리들의 군대와 서류 사태를 침입시킨 것"이라고 한다.[12] 그리고 관료주의는 자유, 사생활, 시간, 모험, 싸움 등 존재의 모든 개념들을 단숨에 다른 의미로 바꾸었다. 자유는 무한한 것처럼 보이지만 무력할 뿐이며, 사생활의 권리를 부인하지는 않지만 사생활을 보호해주는 비밀 따위는 없고, 인간은 면담을 요청하지만 성은 삶이 끝날 때까지 뒤로 미룰 뿐이므로 인간의 시간과 성의 시간은 서로 다르다. 개인이 모험을 결정하는 시대는 지났고 관료기구의 실수와 그로 인한 예측 불가의 결과만이 모험길에 오르게 할 뿐이며, 싸움은 몸이 없는

제도와의 싸움이므로 관리들과의 헛된 만남과 긴 기다림일 뿐이다.[13]

쿤데라는 사회적 비전의 전체주의가 결국 가족의 내면적인 전체주의와 연결된다고 본다. 극단적 형태의 전체주의 사회는 공적인 것과 사적인 것 사이의 경계를 없애버린다는 것이다. 그리고 카프카의 소설은 내면의 영역만으로 제한되는 것도 아니고 공적인 영역만으로 제한되는 것도 아니라고 한다. 『성』에 나오는 측량기사 K는 '공동체에 의해 받아들여지기를 원하는 것이 아니라 제도에 의해 받아들여지기를 원하는 것'이므로 사적인 삶을 누리는 것을 포기해야 했다. "공적인 것은 사적인 것의 거울이고, 사적인 것은 공적인 것을 반영한다."[14]

『성』을 처음 읽은 때로부터 많은 세월이 지난 후에 다시 읽으면서 나는 어린 시절에 가졌던 접근할 수 없는 저 멀리에 우뚝 서 있는 성이 주는 이미지에서 빠져나와, 카프카의 세계는 세상의 미래에 대한 암울한 예측이었다는 해석에 동의하게 되었다. 그 해석에 따른다면 세계는 '끝이 보이지 않는 미로'로 이루어졌으며 아무리 헤매도 성으로 가는 길은 찾을 수 없고, 비록 성에서 일하는 관리 '클람'일지라도 그에게 고유한 미로의 출구를 그 자신도 알지 못한다. 카프카의 원래 의도가 일반적인 법이 아닌 율법의 문제를 그려내는 것이었을지는 몰라도 관료제하에서는 모든 법이나 제도가 궁극에는 율법이 되어버릴 것이므로 차이는 없다.

법대를 다니면 제일 많이 접하는 법언(法諺)이 "하늘이 무너져도 정의는 세워라"(Fiat Justitia Ruat Caelum)와 "계약은 지켜져야 한다"(Pacta sunt servanda) 두가지다. 앞의 법언은 정의가 무엇인지에 대해서 사회적 합의가 있을 때는 잘 작동하겠지만 그렇지 않을 때는 강자가 주장하는 정의가 모두를 위한 정의처럼 통용되게 된다. 오늘날과 같은 민주주의하에서도 자칫하면 다수의 전제정치로 이행될 염려가 있다. 뒤의 법언도 계약자유의 원칙이 지켜지는 데 필수불가결한 전제이지만 계약 당사자 간에 힘의 균형이 무너져 있을 때 이를 그대로 관철하는 것은 몹시 위험할 수 있다.

이처럼 정의의 내용이나 제도가 작동하는 원리를 끝까지 사유하지 않고는 정의를 세울 수도 계약을 지켜낼 수도 없는 것이 현실 사회다. 제도 속에 편입된 채 사유하지 않고 살아가는 사람들이 만들어낼 암울한 미래 사회를 카프카는 미리 보여주었다. 카프카의 작품을 한 고독한 작

가가 세계를 신비주의적으로 해석했다고만 보아서는 안
되는 이유다.

쿤데라의 길리어드

길리어드는 로널드 레이건 시대의 미국이 그대로 간다
면 마치 길리어드처럼 될 거라는 경고를 하기 위해 마거
릿 애트우드가 상상 속에서 세운 나라였다. 한편 쿤데라
의 소설들에서는 1917년 러시아에서 최초로 사회주의 혁
명이 발발한 후 그 이념을 좇아 세워진 많은 사회주의 국
가들에서 실제로 일어난 일들을 볼 수 있다. 사실 길리어
드에서 일어난 일들과 크게 다르지 않다.

쿤데라는 1929년 체코의 제2도시 브르노에서 태어나
그곳에서 중등교육을 받고 1948년 공산당에 가입했다. 그
후 프라하로 와서 대학을 다니다가 반공산당 활동을 했
다는 이유로 1950년 공산당에서 추방당했다. 1956년 공산
당에 재가입했으나 1968년 프라하의 봄 시기에 민주화운
동에 가담한 탓으로 1970년 공산당에서 다시 추방당했다.
그의 저서들도 출판이 금지되었다. 결국 그는 1975년 프

랑스로 망명했다.

애트우드의 『시녀 이야기』가 20세기 후반의 미국이라는 지역에서 일어날 수도 있는 전체주의 사회를 그렸다면, 쿤데라의 『농담』(Žert, 1967)은 20세기 중반에 실제로 동구권에서 일어났던 공산 쿠데타로 성립한 전체주의 사회를 그리고 있다. 원래 오스트리아-헝가리 제국의 일원이었던 체코슬로바키아는 1918년 제1차 세계대전에서 패전국이 된 제국이 해체되자 독립했고 나치의 짧은 점령 이후 해방되었으나 1948년 무혈쿠데타로 공산당이 정권을 잡았다. 『농담』은 바로 이 시대를 배경으로 하고 있다. 쿤데라는 『농담』에서 이 시대는 완전히 새로운 삶이 시작된 시대지만 그 새로운 삶의 모습은 '승리에 찬 계급의 역사적 낙관주의'가 넘치는 경직되고 심각한 사회였다고 했다.

쿤데라는 그 무렵 공산당에 가입했고 대학에 진학했는데 『농담』의 주인공 루드비크도 대학생이었다. 당시 학교에서는 학습모임들이 조직되었고 모든 조직원들에 대하여 공개 비판과 자아비판을 했으며, 그것을 토대로 평가 기록이 작성되었다. 루드비크는 당시 한 학년 아래였던 마르케타와 사귀고 있었는데 마르케타가 방학 기간 중 당

교육연수에 가게 되자 모든 걸 심각하게 받아들이는 그녀를 놀려주려는 단 하나의 의도로 "낙관주의는 인류의 아편이다! 건전한 정신은 어리석음의 악취를 풍긴다. 트로츠키 만세!"라고 쓴 엽서를 보냈다.

개학 후 당 사무국으로 불려간 루드비크는 당 학생위원회 위원들로부터 엽서의 내용에 관한 심문을 받고 학생연맹에서의 직책들을 박탈당했다. 루드비크가 소속된 자연과학대학의 하부조직에 당 차원에서의 처리가 위임되었고 마침 대학의 당 위원장으로 절친 제마네크가 내정되었다는 사실을 알게 되어 잠시 안심하기도 했다. 사회주의 국가 건설에 필수적인 낙관주의를 비웃고 스탈린의 최대 적인 트로츠키주의자를 자처한 것은 농담일 뿐이라는 것을 친구인 제마네크만은 알아줄 거라 믿었기 때문이었다.

그러나 대학의 전체회의에서 루드비크의 자아비판은 받아들여지지 않았다. 게다가 제마네크는 체코의 영웅 푸치크가 나치 치하의 감옥에서 몰래 쓴 "교수대 아래에서 쓴 르포"의 배신자에 관한 부분을 낭독하고 루드비크가 쓴 엽서의 세 문장을 읽는 등 극적인 연출을 한 다음, 조직의 이름으로 당에서 루드비크를 축출하자고 제안했다.

그러자 교수와 친구들이 포함된 백여명 전원이 루드비크의 축출과 학업의 지속을 금지하는 데 찬성했다.

루드비크는 도로 보수작업 등 노동에 동원되었다가 군복무를 하게 되었다. 군대 내에서도 신흥 사회주의 공화국에 의해 적으로 간주되는 집단인 검정 표지들에 속하게 되어 탄광 일을 했다. 정치위원의 감시 아래 즉석 회의가 열렸고 정치적 주제를 놓고 방담하는 데도 참여해야 했으며, 사회주의 정치지도자들의 사진을 붙이거나 강령을 써 넣는 게시판 구성에도 참여했다. 루드비크는 탈영 시도로 10개월간 수감되었고 자원하여 3년간 탄광 일을 더 하는 등 군에서 약 6년을 보냈다.

이후 당의 허가를 얻어 대학으로 복귀해 공부를 마치고 연구소에서 과학기술자로 일할 기회를 얻게 되었다. 그러던 중 연구소를 취재하러 온 여성 기자 헬레나가 제마네크의 아내인 걸 알게 되었다. 루드비크는 헬레나를 회유하여 '왕들의 기마행렬'을 취재하러 모라비아에 가는 헬레나를 그곳에서 만나기로 약속했다. 모라비아는 브르노에서 조금 떨어진 소도시로 루드비크의 고향 마을이었고 루드비크는 젊은 시절 시종 역할을 맡아 기마행렬에서 왕을 수행하기도 했었다. 루드비크가 한참 공산당 활동에 열성적이었을 때는 왕 역할을 했던 고향 친구 야로슬라프를 설득하여 민속적 형식 속에 담긴 사회주의적 내용이라는 스탈린의 새로운 예술론을 야로슬라프의 악단에 적용시키도록 해서 악단이 세계적인 성공을 거둘 수 있게 도운 적도 있었다. 그러나 민속예술은 점점 참여자들을 잃어가고 있었고 당의 지원도 형식적으로 변해가고 있었다.

모라비아에서 헬레나를 만나서 빌려놓은 방으로 데리고는 왔지만 헬레나가 남편과는 벌써 3년 전에 끝났고 서로 낯선 사람들처럼 각자 따로 살고 있으며 두 사람의 만남은 절대로 부정을 저지르는 게 아니라는 말을 듣고 루드비크는 헬레나에게서 느꼈던 도착적 매력을 잃어버리고 말았다. 그러고는 멀리서 그치지 않고 들려오는 모라비아 민요의 선율을 따라가다가 결국 왕들의 기마행렬을 뒤따르게 되었다.

공산당으로 활동하던 시기에는 사회주의와 민속예술의 필연적인 만남을 주창하던 루드비크였지만 유배생활을 마치고 돌아온 그는 그 만남이 사이비 민속음악을 낳았다며 조소했다. 민속노래의 리듬을 대중에게 익숙한 운율과 버무리거나, 민속노래 운율과 비슷한 운율에 나치

점령하에서 고초를 겪은 영웅 푸치크에게 바치는 노래나 거대한 집단농장 이야기 등 시사를 버무린 가사를 얹은 새로운 민속노래들이 그 대상이 되었다. 그는 기마행렬을 따라가면서도 조악하고 상투적이며 허식과 겉치레에 불과한 민속 축제를 예상했다. 그러나 그와 반대로 서글프고도 가슴 저미는 초라함에 이끌리게 되었고, 전령들이 저마다 단조로운 톤으로 읊는 시구가 서로 어울려 다성의 카논을 이루어내는 걸 듣고 장엄하면서도 숭고한 감정을 느꼈다.

결국 루드비크는 제마네크와 제마네크의 연인 브로조바, 헬레나, 헬레나를 짝사랑하는 동료 기술자 인드라와 한자리에서 부딪치게 되었다. 루드비크의 기억 속에 화석화되어 있던 제마네크와는 달리 다시 만난 제마네크는 예전과는 근본적으로 달라진 모습이어서 그를 향한 루드비크의 증오는 그 대상을 상실해버렸다. 먼저 자리를 뜨는 제마네크를 보면서 루드비크는 그의 과거가 마치 자신을 알지도 못한다는 듯이 쳐다보지도 않고 지나가버린 것처럼 느꼈다. 그리고 차가운 무관심을 보여주었을 뿐인 과거와 복수의 대상이 어긋나버린 현재를 다 지워버리고 싶은 마음밖에 없었다. 그후 벌어진 루드비크와 헬레나, 인드라의 소동과 루드비크와 야로슬라프의 합동공연은 루드비크의 지나가버린 과거를 한번 더 애도하는 것에 불과했다.

『농담』이 발표된 1967년은 아직 '프라하의 봄'이 오기 전이었지만 대학에서 마르크스-레닌주의의 인기가 급격하게 하락하던 때였다. 『농담』의 시대 배경도 1960년대 중반이므로 비슷했을 텐데 생물학을 공부했던 제마네크는 대학에서 마르크스-레닌주의를 강의하고 있었지만 시류에 민감한 성격 그대로 자신은 단지 철학을 가르친다고 소개했다. 케케묵은 교과과정은 거들떠보지도 않은 채 현대철학에서 논의되는 모든 것을 소개해주려다가 적들의 이데올로기를 밀반입했다는 죄목으로 교수직에서 쫓겨날 뻔하기도 했다는 무용담을 제마네크의 제자이자 여자친구인 브로조바가 덧붙였다. 사회 전체가 점진적으로 입장 변화를 겪고 있었지만 루드비크의 기억 속에서는 제마네크가 마지막 보았던 모습으로 화석화되어 있었으므로 루드비크는 제마네크의 그런 입장 변화가 끔찍할 뿐이었다.

1968년 체코에 번진 인간적인 얼굴을 한 사회주의 운동은 탱크를 앞세운 소련의 침공으로 실패로 돌아갔고, 쿤데라 자신은 1970년 공산당에서 다시 추방되었다. 『농담』의 루드비크와는 달리 쿤데라는 1950년 공산당에서 추방당하고도 공부를 계속할 수 있었고 1952년 대학을 졸업하고 대학에서 강의를 계속했다. 1967년 『농담』이 발표되자 소설 속의 루드비크가 쿤데라와 상당 부분 겹친다는 점은 자연스럽게 받아들여졌다. 물론 루드비크는 대학에서 쫓겨나서 징집되었고 쿤데라는 학업을 계속할 수 있었다는 차이는 있었지만, 모라비아 출신이라든지 적대적인 사상을 가졌고 개인주의적 성향이 있다는 이유로 공산당에서 추방된다는 등 유사한 점이 있었기 때문이었다.

그러나 2008년 10월 체코의 한 일간지가 체코의 전체주의 정권 시대와 관련한 연구 결과를 발표하면서 상황이 달라졌다. 쿤데라가 1950년 미로슬라프 드보르자체크라는 한 젊은 공군조종사를 고발했다는 내용이었다. 경찰 보고서에는 1929년 4월 1일생 '밀란 쿤데라'가 학생 기숙사에 드보르자체크가 나타났다는 신고를 했다고 기재되어 있었다. 드보르자체크는 공군학교에서 쫓겨나 보병대에 들어가게 되자 체코에서 도망했다가 체코 망명객들로 구성된 스파이기관에 포섭되어 체코로 다시 돌아와서 연인이었던 이바 밀리트카의 기숙사에 몰래 들어왔다. 밀리트카가 당시 데이트하던 쿤데라의 친구 이반 들라스크에게 드보르자체크에 대해 말했는데 들라스크가 쿤데라에게 말을 전했고 쿤데라가 경찰에 신고했다는 것이었다.

드보르자체크는 22년형을 선고받았고 14년 동안 우라늄 광산 등지에서 일하다가 풀려났다. 쿤데라는 자신은 드보르자체크를 알지 못하며 경찰에 그를 신고한 적이 없다면서 즉각 보도를 부인했다. 체코 당국은 그 기록이 사실이 아닐 수도 있다고 발표했고 연구소에서는 100퍼센트 확신할 수는 없지만 보고서상의 사인은 당시 근무했던 정보요원의 이름과 일치한다고 했다. 경찰의 보고서에 쿤데라의 사인은 없었다. 당시 경찰에서는 신분증을 확인하는 것이 상식이었지만 쿤데라가 기숙사의 학생 책임자였으므로 누군가가 쿤데라의 이름으로 고발했을 가능성도 완전히 배제되지는 않았다.[15]

이후 이 사안은 더이상 규명되지 않았지만 만일 드보르자체크의 체포에 쿤데라가 관여했던 것이 사실이라면 쿤데라를 루드비크보다는 제마네크에 더 가까운 인물로 볼 수도 있다. 제마네크는 루드비크에게 자신들이 세상을 구원하려 했고 자신들의 메시아주의로 세상을 망가뜨릴 뻔했지만 젊은 여자친구 브로조바는 자신들과 전혀 다르다면서 이제 그들이 그들의 이기주의로 이 세상을 구할지도 모른다는 의미심장한 말을 남겼다. 쿤데라를 제마네크에 대입시켜보면 어쩐지 쿤데라의 회한이 담겨 있는 구절로 읽힌다. 그리고 이 구절 속에 쿤데라는 『시녀 이야기』에서와 같은 신정국가가 『농담』에서의 사회주의 국가와 다르지 않다는 암시를 숨겨놓았다.

아울러 이 소설의 또다른 중요한 인물인 코스트카를 통해서도 쿤데라의 같은 생각을 읽을 수 있다. 코스트카는 기독교도로서 루드비크보다 조금 더 빨리 대학에서 축출될 위험에 놓였는데 그때 루드비크의 도움으로 대학을 떠나는 선택을 했고 이후에도 루드비크의 도움으로 일자리를 구할 수 있었다. 그는 1948년 이후 혁명의 시기는 합리주의와 공통적인 것이 별로 없었고 위대한 집단적 신념의 시대였을 뿐이었으며 사람들은 종교가 주는 것과 아주 유사한 신성한 일련의 이념들에 사로잡혀서 종교로부터 행동과 감정을 이어받고 있었다고 회상했다.

농담이 존재하지 않는 세상

　『농담』은 "공산주의 해체의 네 형태를 포착한 것이자 유럽의 해묵은 네가지 모험의 붕괴를 포착한 것"이라고 쿤데라는 말한 바 있다. 대표하는 네 인물은 "볼테르의 신랄한 정신을 바탕으로 자라는 공산주의의 화신인 루드비크, 민속으로 전승되는 가부장적 과거를 재건하려는 욕망으로서의 공산주의를 구현하는 인물 야로슬라프, 복음서에 접목된 공산주의 유토피아를 구현하는 인물 코스트카, 열정의 원천으로서의 공산주의를 구현하는 헬레나"였다.[16]

　공산주의라고 하지만 각자가 생각하는 공산주의가 모두 달랐고 오히려 유럽의 해묵은 모험에 더 가깝다는 지적도 그렇지만, 자신과 가장 닮아 보이는 루드비크를 비판적 지식인 볼테르식 공산주의자라고 한 것은 공산주의가 비판정신을 바탕으로 해야 하는데 현실 공산주의는 그러지 못했음을 비꼬기 위한 것 같다. 민속이라는 전통을 스탈린식의 이념과 결합한 결과가 결국 가부장적 과거를 재건하는 것이라는 지적도 무척 날카롭다. 공산주의와 기독교적 유토피아가 결합하려 하는 지점에서는 애트우드의 길리어드가 떠오르지 않는가? 결국 쿤데라는 농담을 허용하지 않는 전체주의 사회가 필연적으로 무너질 수밖에 없음을 농담처럼 말하고자 했음을 알 수 있다.

쿤데라가 지목한 리스트에는 소설의 가장 중요한 인물 중 하나인 루치에가 포함되지 않았다. 루치에는 루드비크가 군복무 시절에 사귀던 여자로 루드비크는 몰래 부대를 빠져나와 루치에를 찾아갔다가 탈영죄로 수감되기까지 했다. 농담을 할 줄 모르는, 소설 『농담』에서 가장 이질적인 인물인 루치에는 가부장적 사회와 성폭력의 피해자이면서 공산주의 사회에서 설 자리를 찾지 못하는 인물이다. 루치에는 작가로부터도 이해받지 못하는 채로 남았다. 어찌 보면 작가 자신에게도 가장 낯선 인물이었기 때문일지 모른다. 쿤데라는 농담이 농담이 되지 않는 세상을 한번 더 비틀기 위해 농담을 모르는 루치에를 등장시켰던 것 같다. 쿤데라가 삶의 모순을 철저히 드러내 보여주기 위해 농담을 소재로 이용했지만, 루치에는 농담이 존재하지 않는 세상에서 계속 머물렀기 때문이다. 그렇게 보면 루치에의 세계는 애트우드의 세계에 등장하는 길리어드에 더 가깝다.

나는 1987년 6월항쟁과 1988년 서울올림픽이 치러진 후 번역된 『참을 수 없는 존재의 가벼움』(*L'Insoutenable*

Legerete de l'etre, 1984)을 읽으면서 쿤데라를 처음 접했다. 쿤데라가 1967년 발표한 『농담』은 1950년 당시 공산당에서 추방당했던 사건을 배경으로 했고 1989년 우리나라에 처음 번역 소개되었지만, 1984년 발표한 『참을 수 없는 존재의 가벼움』은 1968년 프라하의 봄을 배경으로 했고 1988년 우리나라에 번역 소개되었다. 두 소설이 소개된 순서는 이처럼 바뀌었고 나도 바뀐 순서로 두 소설을 읽었다.

1988년인지 1989년인지 정확한 연도는 기억나지 않지만 『참을 수 없는 존재의 가벼움』을 읽은 후 깜짝 놀랐던 기억이 난다. 삶이 가벼울 수 있다는 생각 자체가 무겁디무거운 삶을 살고 있던 내게 놀라움으로 다가왔다. 존재의 무거움과 가벼움을 철학과 유머를 버무려 왔다 갔다 하는 쿤데라의 소설 작법에도 그저 놀랄 수밖에 없었다. 이어서 이를 영화화한 「프라하의 봄」(1988)이 1989년 국내에 수입 상영되었고 영화 또한 큰 충격이었다. 6월항쟁으로 대통령을 직접 선출하게 되어 희망에 들떠 있다가 야권의 단일화 실패로 노태우가 대통령에 당선되면서 6월항쟁을 이끌어낸 세력들의 실망이 이만저만이 아니었던 시절이었다. 그러면서도 1988년 서울올림픽의 성공적인 개최로 국민들의 자부심이 한껏 고양되어 있던 때이기도 했다. 소설『참을 수 없는 존재의 가벼움』이나 영화「프라하의 봄」의 배경은 체코의 민주화운동이 구소련의 침공으로 좌절되었고 쿤데라가 체코를 영영 떠날 수밖에 없었던 시절을 배경으로 하고 있어서 6월항쟁으로 권위주의 정권을 몰아냈으나 다시금 노태우가 대통령이 된 그 무렵의 우리 사회와 닮아 있었다.

쿤데라의 소설을 열심히 읽으면서도 당시 체코의 역사적 상황하에서조차 존재의 가벼움을 말하는 그에게 약간의 의구심이 생기는 것은 어쩔 수 없었다. 그러나 1994년 번역 출간된『사유하는 존재의 아름다움』(*Les testaments trahis*, 1993. 2013년에『배신당한 유언들』로 다시 출간되었다)을 접하면서 나는 예술에 대한 쿤데라의 깊은 사유에 더욱 매료되었다. 카프카도 새롭게 이해할 수 있었고 비톨트 곰브로비치 같은 동구권 작가들도 그를 통해 알게 되었다. 동구권 이외 지역의 작가나 독자들이 알기 어려운 그들에 대한 배경지식을 알게 되는 것은 물론, 소설과 철학적 사유를 자유롭게 오가는 쿤데라의 글쓰기의 신선함에도 푹 빠질 수밖에 없었다.

『배신당한 유언들』에 실린 한 에세이에서 쿤데라는 카

프카를 "지극히 반(反)시적인 세계의 지극히 시적인 이미지를 창조했다"고 평하고 있다. 관료체제하의 세계는 반시적인 세계로서 인간은 단지 그 체제를 위한 도구에 불과한데 카프카는 이런 세계에서 어떤 하나의 가능성을 그려보고자 했다고 말한다. 그는 소설 『소송』에서 소송 상황에 내몰린 K가 항아리에 물을 받고 있는 어린 소녀의 시선을 의식하는 장면 같은 것이라고 예를 든다. 이런 장면처럼 "몰수당한 유쾌한 통속성"으로 통하는 열린 창문이 카프카의 소설 곳곳에 있고 이 창문은 "더없이 잔혹한 순간들에도 등장인물들이 결정의 자유(시의 원천인 계산 불가능성을 삶에 제공하는 자유)를 잃지 않는 세계로 통하는" 창문이라고 한다.[17] 쿤데라가 존재의 가벼움이라는 새로운 개념을 발명(!)한 것이라든지 소설 『농담』에서 농담을 허용하지 않는 세계에 대해 농담을 하는 것은 바로 이 지점에서 카프카적인 세계와 연결된다.

『농담』이 위계질서와 상호감시를 기반으로 하는 농담이 존재하지 않는 세상을 그렸다면, 『성』은 위계질서란 하나의 거대한 미로 같은 제도 그 자체라고 했다. 나는 30년 가까이 직업적인 법률가로 살아오면서 『성』이 관료주의가 기계적으로 작동하는 세계의 암울한 예측이라는 해석에 점점 더 공감하게 되었다. 법률가인 내 경우만 보더라도 가장 많이 한 일은 법해석학이었다. 구체적인 사건에 적용될 법률을 찾아서 그 사건이 그 법률에 포섭되는지를 판단하는 일이다. 그러므로 내 앞에 놓인 미로는, 또는 내가 서 있던 법의 문은 이미 만들어진 법의, 이미 이루어진 해석을 찾아가기 위한 문이었을 뿐이다. 그 해석이 여러 갈래의 길로 주어질 때 그중 어느 길을 선택하여 나아갈지 결정하는 정도가 나에게 주어진 조그만 자유였다.

문지기가 '법의 문'을 닫아버릴 때까지 계속될 그 삶에서 나는 스스로를 베버가 말한 '무성찰적 담지자'라고 느꼈다. 이런 세상에서 살아갈 의미는 어디에서 찾을 수가 있을까. 카프카도 쿤데라도 아무런 답을 주지 않았다. 도리스 레싱처럼 '모든 일을 심장과 영혼과 힘을 다해서 하는 사람'이 될 수 없었던 나는 언젠가는 도래할 어떤 시간을 막연하게 기다리는 것으로만 버틸 수 있었다. 『성』에 나오는 측량기사 K는 공동체에 의해 받아들여지기를 원하는 것이 아니라 제도에 의해 받아들여지기를 원했다. 세상이라는 미로를 헤매는 나는 성을 마주한 K와 하등 다를 바가 없었다.

커트 보니것
자유의지는
선택할 수 있는가

보니것의 주절거림에 빠져들다

어린 시절의 나는 루이자 올컷을 읽고 브론테 자매를 읽었다. 여자 형제가 많았던 나처럼 그들도 여자 형제가 많았고, 이야기를 꾸며내고 책을 짓고 연극을 하면서 가족들이 가진 어려움과 슬픔을 이겨냈다. 말하자면 현재의 상황과 다른 세상을 꿈꾸면서 성장했던 것이다. 꿈꿀 수도 없었던 처지에 놓인 사람들에 비하면 다행이었을지 모르겠다.

나는 가족들과 함께 그들의 책을 나눠 읽고 그들이 상상하고 만들어낸 세상을 나의 상상 속의 세상인 것처럼 받아들였다. 그들처럼 나의 세상을 꿈꿔보기도 했다. 학교에 가고 친구들을 사귀면서 그 상상의 세계는 조금 더 확장되었다. 그러나 상상만으로는 세상과 부딪칠 수 없었다. 학교를 나와서 실제로 내 앞에 펼쳐진 사회는 상상 속의 세상과는 너무나 동떨어진 곳이었다. 소설로 학습한 세상은 실제 세상이 아니었다. 그때로서는 드물게 법률가라는 자격증을 손에 쥐었으나 로우드 학원을 나와서 가정교사로서 로체스터가에 처음 발을 들이는 제인 에어와 별반 다를 것이 없었다. 그후 30년의 세월 동안 끝이 보이지 않는 미로를 헤매었다고 할 수밖에 없다. 그렇게 하지 않을 다른 도리가 없었다. 토마스 만의 『토니오 크뢰거』를 읽으면서 토니오 크뢰거처럼 '세상의 바깥에서 세상을 바라보는 사람'으로 살 것이라는 예감을 가졌던 그 시절에서 도무지 벗어나질 못했던 탓도 있었을 것이다.

어슐러 K. 르 귄의 과학소설을 열심히 읽었던 것도 상상 속의 다른 세계에서 위안을 찾기 위한 방책이었던 것 같다. 가끔 가보는 전시회와 연주회도 잠시나마 다른 세계를 펼쳐 보여주어 현실을 잊게 해주었다. 다른 세계에의 갈망은 어디서 오는 것일까, 잠시 위안을 얻는 것만이 전부일까, 의문이 들 때도 있었으나 그 뿌리를 찾지 않은 채 덮어두었다.

그러던 중 우연히 커트 보니것(Kurt Vonnegut, 1922~2007)

의 『제5도살장』(*Slaughterhouse-Five*, 1969)을 접했다. 2005년을 전후해서 국내에 보니것의 소설이 집중적으로 번역되어 나왔던 것 같다. 아무런 사전지식도 없었는데 우연히 한권을 읽은 이후 책방에서 손에 잡히는 대로 다른 책들도 사서 읽었던 기억이 있다. 보니것의 주절거림에 빠져든 이유는 나도 언젠가는 트랄파마도어라는 행성으로 돌아가야 하는 외계인일지도 모른다는 엉뚱한 생각이 즐거웠기 때문이었다. 현재의 난관을 잠시 잊기 위한 농담일지는 몰라도 현실과 잠시나마 거리를 두게 해주는 적절한 방법이었다. 보니것은 내가 그의 책을 접한 지 얼마 되지 않아서인 2007년에 세상을 떠났다. 아마도 그가 만들어서 천구에 박아둔 행성 트랄파마도어에 가 있을 것만 같다.

아이들의 십자군 전쟁

'제5도살장'은 보니것이 스무살 무렵 제2차 세계대전에 참전했다가 독일군에게 포로로 잡혀서 갇혀 있던 드레스덴의 고기도살장을 가리킨다. 1945년 2월 13일 밤 영국과 미국 항공기 800대가 드레스덴을 폭격하기 시작했고 공습 사이렌이 울리자 포로들인 미군들과 경비병들은 도살장 지하의 고기저장고로 피신했다. 천연암반을 파서 만든 저장고는 지상의 화재폭풍을 막아주었다. 그러나 다른 방공호로 피신했던 독일인들은 살아남지 못했다.

다음 날 고기저장고에서 나오자 도살장의 울타리말뚝, 지붕, 유리창 등은 모두 없어져버렸고 도살장 주위로 낭떠러지를 이루었던 건물들이 내려앉아서 서로 포개져 낮은 구릉을 이루었으며, 포로들의 숙소였던 돼지 축사는 간신히 벽만 남은 채 재와 유리가 녹은 덩어리들 외에는 아무것도 없었다. 미군 전투기들은 아래로 낮게 날아와 움직이는 것이라도 있으면 기관총을 갈겼고 탄환들을 피해가면서 도시의 교외에 이르렀으나 그동안 살아 있는 것이라고는 아무것도 만날 수 없을 정도로 드레스덴은 폐허가 되어버렸다.

폭격 며칠 후 '드레스덴의 철도시설이 병력을 대거 이송하고 있어 도시를 폭격할 수밖에 없었고 군사 목표를 제외한 다른 파괴는 모두 고의가 아니며 피할 수 없는 불운이었다'는 내용이 담긴 전단이 대거 뿌려졌다. 그러나 엘베강의 철교는 모두 작동 가능한 상태였고 파괴된 철도

가 정상 상태로 복구되는 데는 48시간밖에 걸리지 않았으므로 드레스덴 폭격은 정당화되기 어려웠다.[1]

이 공습으로 13만 5천명이 죽은 것으로 공식 발표되었으나 미국인들은 오랫동안 드레스덴 폭격의 이야기를 듣지 못했다가 1960년대에 와서야 영국인이 쓴 『드레스덴 파괴』(*The Destruction of Dresden*)가 미국에서 발간되면서 비로소 전말을 알게 되었다. 보니것은 당시 드레스덴에서 제5도살장의 고기저장고에 있었던 관계로 폭격을 피할 수 있었던 백여명의 미군 포로 중 한명이었다. 그해 5월 독일이 항복했고 보니것도 풀려났다.

1968년 보니것은 드레스덴에 관한 논픽션을 쓰기로 계약했지만 글은 제대로 써지지 않았다. 그러다가 당시의 군인들은 존 웨인 같은 영화배우가 아니고 어린애에 불과했다는 핵심을 문득 깨달은 후 『제5도살장』을 쓸 수 있었고 이 책에 '아이들의 십자군 전쟁'이라는 부제를 붙였다.

아이들의 십자군 전쟁은 1213년에 수도사 둘이 독일과 프랑스에서 아이들을 모아서 팔레스티나로 가는 군대를 만들어 북아프리카에 노예로 팔아먹자는 음모를 꾸며서 실제로 3만명의 아이들을 모았던 사건을 말한다. 당시 마르세유에서 배를 탄 아이들의 절반은 조난사고로 익사했고 절반은 북아프리카에서 팔려나갔다.[2] 제2차 세계대전에 참전했던 군인들이 "막 아동기를 벗어나려는, 아무것도 모르는 철부지들"[3]이며, 프랭크 시나트라나 존 웨인 같은 매력 있고 전쟁을 좋아하는 지저분한 배우들이 배역을 맡아서 전쟁을 멋지게 그릴 수 있는 대본이 아니라 젖비린내 나는 아이들이 수행하는 전쟁을 그려야 한다고 생각하게 되면서 보니것은 "역사상 최악의 인종인 나치에게 저질렀던 우리 자신의 추악한 행동"을 비로소 이야기할 수 있게 되었다.[4]

그래서 그는 처음에 계획했던 논픽션을 쓰지 않았고 리얼리즘 소설을 쓰지도 않았다. 대신 시간에서 해방되어 자신의 탄생과 죽음 사이의 모든 사건을 무작위로 찾아가는 빌리 필그림이라는 주인공을 내세워 마치 과학소설처럼 이야기를 구성해 사건을 분절하여 경험하도록 하는 방식을 이용했다. 유럽 역사상 최대 규모의 학살을 목격한 이상 자신과 자신의 우주를 다시 발명하려고 애써야만 했기 때문이라고 보니것은 설명한다.[5]

과거와 현재와 미래를 한눈에

소설에서 빌리가 처음 시간에서 해방된 것은 제2차 세계대전에서 종군 중이던 1944년이었다. 빌리는 전쟁에 군목을 돕는 군종병으로 참여하고 있어서 무기도 소지하지 않았고 철모와 전투화도 지급받지 못했다. 1944년 12월 독일군의 마지막 대공격에서 낙오병이 된 빌리는 스물하나의 나이인데도 머리가 벗어졌고 제멋대로 자란 희끗희끗하고 뻣뻣한 턱수염을 길렀다. 190센티미터가 넘는 키였지만 헬멧도 외투도 없고 무기도 군화도 없이 한쪽 굽이 떨어져 나간 싸구려 단화를 신어서 뒤뚱뒤뚱 원치 않는 춤을 추는 지저분한 홍학 같은 모습이었다.

다른 낙오병들의 뒤에 처진 빌리는 눈을 감은 채 나무에 기대어 있었는데 그의 의식이 호를 그리며 그의 생애 전체를 죽 훑고는 죽음으로 들어갔다가 다시 생으로 돌아와서 출생 이전에 이르렀고 다시 어린 시절로 돌아왔다가 미래를 다녀가는 등 종횡무진했다. 그러다 독일군의 포로가 되었고 화차에 실려서 포로수용소를 거쳐 드레스덴으로 보내졌다.

그들이 도착한 드레스덴 도살장은 전쟁 기간 동안 굽

달린 동물은 거의 다 도살된 탓으로 한산했고 미군들은 곧 도살할 돼지들의 거처로 지어진 단층짜리 시멘트 블록 건물로 인도되었다. 그들은 맥아시럽을 만드는 공장에서 창문을 닦고 마루를 쓸고 변소를 청소하고 시럽 단지들을 박스에 넣고 판지 상자들을 봉하는 일에 배치되었고, 일을 마치면 먼 길을 행군해 시멘트 블록으로 지은 돼지 축사로 돌아왔다. 공습사이렌이 울렸을 때 미군들과 경비병들은 도살장 지하의 고기저장고로 몸을 피해 드레스덴의 폭격을 피할 수 있었다. 그리고 전쟁이 끝나자 화물선을 타고 미국으로 돌아왔다.

검안사(檢眼士)가 된 빌리는 결혼했고 부자가 되었으며 딸과 아들을 두었다. 1968년 빌리가 탄 비행기가 사고를 일으켜 승객이 모두 사망했을 때도 빌리는 살아났지만 빌리가 입원한 병원으로 오던 그의 아내가 사고를 당해서 죽었다. 이후 빌리는 검안사 업무를 재개하지 않은 채 혼자 살고 있었다. 그러다가 갑자기 빌리는 뉴욕시로 가서 라디오 심야 대담 프로에 출연해 자기는 시간에서 해방되었고, 1967년 비행접시에 납치되어 트랄파마도어라는 행성으로 끌려가서 동물원에 알몸으로 전시되었다고 밝혔다. 그때는 딸의 결혼식이 있던 날 밤이었는데 트랄파마도어인들이 시간왜곡 방식으로 자기를 데려갔기 때문에 몇년 동안 트랄파마도어에 있었는데도 지구에서는 불과 100만분의 1초밖에 지나가지 않아서 사람들이 자신이 없어진 것을 알지 못했다고 했다.

그후 빌리는 다시 신문에 편지를 써 보냈는데 그 편지에서는 트랄파마도어인들의 모습을 설명했다. 그에 따르면 "그들은 키가 2피트(약 61센티미터)고, 녹색이고, 파이프 렌치처럼 생겼다. 그들은 빨판들을 땅에 대고 있었고, 신축성이 뛰어난 막대기들을 대개는 하늘을 향해 추켜들고 있었다. 각각의 막대기 끝에는 작은 손이 달려 있는데 손바닥에는 녹색 눈이 달려 있었다."[6]

비행접시의 직경은 30미터였고 빙 둘러 현창이 나 있었으며 현창들에서 새어나온 빛은 자주색이었다. 비행접시가 빌리의 머리 위에 멈추자 비행접시 밑면의 해치가 열리고 사다리 하나가 내려왔다. 광선총을 맞은 빌리는 사다리의 가로장을 잡았고 비행선으로 끌어 올려졌다.

시간여행으로 트랄파마도어의 동물원에 간 빌리는 트랄파마도어인들 수천명이 볼 수 있도록 알몸으로 전시되었다. 지구의 인간 서식처를 그대로 재현한 동물원에서 이를 닦고 식사를 하고 설거지를 했다. 운동을 하고 샤워를 하고 면도를 하는 동안 동물원 안내원이 텔레파시로 관객들에게 빌리가 무엇을 왜 하고 있는지를 설명했다.

그 생물체들은 사차원을 볼 수 있었고 과거와 현재와 미래의 모든 순간을 한눈에 볼 수 있으며 모든 순간이 영원하다는 것을 알았다. 그들은 모든 시간을 마치 지구인들이 로키산맥 전체를 한눈에 보듯이 보았다. 시간이 마치 실에 꿴 구슬들처럼 한순간 다음에 또 한순간이 이어지고 한순간이 지나가면 영원히 가버린다는 생각은 삼차원밖에 볼 수 없는 지구인들의 착각일 뿐이라는 것이다. 안경사인 빌리는 지구인들에게 트랄파마도어의 키 작은 녹색 친구들을 소개해주어서 길을 잃고 불행하게 살고 있는 지구인들의 영혼에 안경을 맞춰주는 일을 하고 있다고 생각했다.

과거와 현재, 미래를 한꺼번에 조망하는 트랄파마도어인들은 미래에 일어날 일들을 알고 있지만 이를 고치기 위한 아무런 조치도 하지 않았다. 우주가 멸망하는 날과 어떻게 멸망하는지도 알지만 그대로 두었다. 트랄파마도어인들도 잔혹한 전쟁을 벌이지만 전쟁에 대해 할 수 있는 일이 아무것도 없기 때문에 전쟁을 보지 않으며 무시해버리고 영원토록 즐거운 순간들만 보며 지냈다. 끔찍한 시간은 외면해버리고 좋은 시간에 관심을 집중하는 것이었다. 우리가 더러 죽은 것처럼 보이더라도 실은 모두 영원히 살기 때문이었다. 이 순간 저 순간을 방문하면서 영원을 보낼 수 있었다.

트랄파마도어인들의 글은 시작도 중간도 끝도 서스펜스도 교훈도 원인도 결과도 없었다. 그들이 책에서 좋아하는 점은 수많은 경이로운 순간들의 깊은 속을 일시에 들여다볼 수 있다는 것이었다.[7] 트랄파마도어인들은 자유의지를 믿지 않았다. 그들은 자신들이 많은 시간을 들여 지구인들을 연구하지 않았더라면 '자유의지'가 무엇인지도 몰랐을 것이라고 했다. "나는 우주의 유인행성 서른한 곳에 가보았고 백곳에 대한 보고서를 검토했소. 자유의지에 대해 조금이라도 언급하는 행성은 지구뿐이더군."[8]

네 인생의 이야기

선형(線形)의 시간개념이 아닌, 동시에 존재하는 시간 개념을 가진 우주에서는 자유의지가 발붙일 수 없다는 생각은 『제5도살장』이 출간된 후 30년 가까운 시간이 흐른 뒤 발표된 테드 창의 중편소설 「네 인생의 이야기」(*Story of Your Life*, 1998)에서도 중요하게 등장한다.

지구 곳곳에 정체불명의 거대한 외계 물체가 나타나고 언어학자인 화자는 외계인과 소통하는 임무를 부여받아서 그들에게 영어를 가르치고 그들의 언어를 배웠다. 말을 하는 것과 동시에 그에 해당하는 글자를 컴퓨터 화면에 표시하는 방식으로 함께 학습해나갔다. 그들의 문자언어는 표음문자가 아니라 표어문자(한 글자가 하나의 단어를 가리키는 문자)였고 그 단어들을 결합해서 우리에게, 또 중국계 미국인인 작가에게 상대적으로 익숙한 한문처럼 문장을 표기하는 방식이었다.

작가는 "해독하려는 의도 없이 이 문자를 보았을 때는 초서체로 그린 기상천외한 사마귀들의 집합처럼 보인다"고 했다.[9] 테드 창은 인터뷰에서 서양인들이 한자를 상형문자처럼 인식하려는 경우가 많기 때문에 굳이 한자와 연결시키지 않고 기호와 사물의 관계가 무작위적으로 연결되어 있는 문자 정도로만 언급했다고 말했다.[10]

그들은 문장을 쓸 때도 문자를 하나씩 차례대로 쓰지 않고 휘갈긴 몇개의 획을 써서 문장을 구성해나갔다. 그것은 마치 숙달된 서예가에 의한 면밀한 사전계획을 필요로 하는 서예디자인, 특히 아라비아어 알파벳을 쓰는 경우와 흡사했다. 외계인들과 대화 도중 왜 지구로 왔는지 정기적으로 물어볼라치면 그들은 '보기 위해' 혹은 '관찰하기 위해' 왔다고 대답했다. 그리고 그들은 어느 날 문득 모두 지구를 떠나버렸고 지구인들은 그들이 무슨 이유로 지구에 왔는지, 왜 떠났는지를 결국 알아내지 못했다.

그런데 그들의 시간개념은 선형적이지 않았고 원인이 시작되기 전에 결과에 관한 지식을 가져야만 하는 동시적인 개념이었다. 지구인들이 사건을 순서대로 경험하고 그것들 사이의 원인과 결과로 지각하는 데 비해 그들은 모든 사건을 한꺼번에 경험하고 그 근원에 깔린 목적을 지각한다는 것이다. 마치 과거, 현재, 미래가 동시에 존재하는 트랄파마도어 종족들의 시간개념과도 유사하다. 그렇다면 테드 창이 만든 외계인들의 세상에서는 자유의지가 존재할까? 테드 창은 그렇다고 말한다. '미래를 창출해내고 역사상의 사건을 실연해 보이는 것'은 순차적 의식의 경우와 마찬가지이지만 맥락이 서로 다를 뿐이라고 설명한다. 미래를 안다는 것과 자유의지는 양립할 수 없는 것이지만 동시적 의식은 미래를 미리 안다는 것과는 다르기 때문이다.

이쯤에서 보니것과 테드 창의 관계를 알아보는 것도 재미있을 것 같다. 보니것은『제5도살장』출간 25주년 기념판의 서문에서 "인내심을 가지도록. 제군의 미래는 제군을 잘 알고 제군이 어떤 인간이든 간에 사랑해주는 개처럼, 제군의 발치로 달려와서 드러누울 것이므로"라고 젊은 친구들에게 말하고 싶다고 했는데, 테드 창은 바로 그 구절이「네 인생의 이야기」를 단적으로 요약한 것이라고 언급했다.[11]

2002년의 한 인터뷰에서 테드 창은 커트 보니것의『제5도살장』에서 영향을 받아「네 인생의 이야기」를 썼는지, 아니면 나중에 그 유사성을 알게 되었는지에 대한 질문을 받았다. 그는 글을 쓸 당시에는 커트 보니것의 소설을 읽지 못한 상태였다고 답했다. 그러면서 두 소설 간에는 큰 차이가 있는데『제5도살장』에서의 삶은 암울하지만 본인의 작품은 삶에 대한 확신을 주며, 미래가 기쁜 만큼 고통스럽기도 하지만 삶을 계속해나가도록 한다고 했다.[12]

보니것의 주인공 빌리 필그림이 비록 자의는 아닐지라도 그 이름처럼 외계 행성의 '순례자'(pilgrim)가 된 것은 드레스덴에서 벌어진 대학살과 그 대학살이 서구사회에서 덮여버리는 모습을 본 탓이었다. 빌리가 처음 시간에서 해방된 순간은 빌리를 포함한 낙오된 미군 네명이 숲을 통과해 가다가 일행과 떨어져서 나무에 기대어 있던 때였다. 그 이후로 그는 과거와 미래를 여행했는데 딸의 결혼식이 있던 날 밤 트랄파마도어의 외계인들에게 납치되었고 납치 도중에도 시간여행을 해서 유개화차에 타고 포로수용소로 가고 있었다.

이처럼 『제5도살장』에서 빌리 필그림은 시간과 공간을 시도 때도 없이 여행하지만 자의적인 것은 아니다. 언제 여행이 일어날지는 작가인 보니것만이 알 뿐 그 외에는 아무도 모른다. 보니것은 과학소설을 쓴 것이 아니라 연합군에 의한 드레스덴 폭격이라는 사건을 도저히 지구상의 현실이라고 받아들일 수 없었기 때문에 트랄파마도어인들을 등장시켜 이 비극과 비극을 전후한 현실을 분절시켜서 단편적으로 보여주는 방법을 택했다.

그렇다면 트랄파마도어인들은 무슨 이유로 지구에 와서 지구인들을 관찰하고 그들을 납치하여 동물원에 가두고 구경거리로 삼은 것일까. 외계인들이 다른 외계의 종족을 관찰하는 이야기가 담긴 대표적인 책 중 하나는 아서 C. 클라크의 '라마' 시리즈다. 라마 시리즈에서도 아서 C. 클라크가 단독 집필한 첫 부분에서는 외계인들의 목적을 파악할 수 없었다. 다만 그와 공저자로 나선 젠트리 리가 관여한 뒷부분으로 가면 갈수록 뛰어난 우주의 지성이 지구인들에게 더 큰 문명으로 나아가려면 세계와 공존해야 한다는 것을 가르치고 있다.

더 큰 지성이 우주여행에 첫발을 내딛는 지구인들의 전투적 정복주의를 경계해 예의주시한다는 테마는 과학소설에서 많이 애용된다. 그러나 보니것이나 테드 창은 외계인들이 직접적으로 지구인들을 가르치는 방식이 아니라 외계인들의 철학을 보여주면서 지구인들 스스로 지구의 문명을 생각해보게 하는 방식을 사용해, 외계인들로부터 가르침을 받는다는 데서 오는 거부감을 덜어내면서 지구인들이 스스로를 되돌아보게 했다.

자유의지는 축복인가, 저주인가

'인간에게 자유의지란 없는 것일까'라는 물음은 철학이나 종교계의 오래된 논쟁이다. 자유의지가 있다는 설, 없다는 설로 학설이 나뉘고 양립가능설도 있다. 2010년의 한 인터뷰에서 테드 창은 「네 인생의 이야기」는 자유의지에 관한 이야기라고 하면서 "만일 미래에 무슨 일이 일어나는지를 알게 되면 그것을 막을 수 있을까? 그 소설에서는 할 수 없다고 하고 있지만, 할 수 있었어야만 했다는 감정에서 오는 정서적인 충격이 일어나는 걸 막을 수는 없을 것이다"라고 말했다. 『제5도살장』의 트랄파마도어인들처럼 테드 창의 외계인들도 미래를 동시에 의식하기는 하지만 그렇다고 해서 자유의지와 양립하지 않는 것은 아니라는 말이다.

자유의지가 없는 삶은 '내가 바꾸지 못하는 삶을 받아들이는 평정심'이 최고의 목표가 되는 삶이다. 자유의지가 있는 삶에서도 최고의 목표가 해탈하는 삶일 수 있으나 이는 차원을 달리할 것이다. 자유의지가 있으나 끝이 있는 선형적 시간을 살아갈 것인지, 자유의지는 없으나 영원토록 즐거운 순간들만을 보고 살 것인지를 대비해서 보여주는 보니것은 지구인들에게 반어법적으로 트랄파마도어인들의 세상과 그들의 철학을 제시했을 뿐 현재를 그대로 받아들이고 영원토록 즐기라는 메시지를 주려고 한 것은 아니었을 것이다. 비록 힘든 삶일지라도 자유의지를 가지고 살아갈 수밖에 없는 운명이 인간에게 주어졌음을 받아들이고 지혜를 갈구하라는 것이 트랄파마도어인들을 반면교사로 해서 얻을 수 있는 교훈이라면 교훈일 것 같다. 이런 반면교사를 지구인들에게 소개해주고 싶었던 보니것은 지구인을 사랑한 트랄파마도어인이었다.

『제5도살장』의 마지막 부분에서 작가는 "하느님, 저에게 허락하소서. 내가 바꾸지 못하는 것을 받아들이는 평정심과 내가 바꿀 수 있는 것을 바꾸는 용기와 늘 그 둘을 분별할 수 있는 지혜를"이라는 경구를 소개하고 있다. '평온을 비는 기도'로 알려진 이 경구의 앞부분은 자유의지가 없다는 것에, 뒷부분은 있다는 것에 방점을 둔 것일까? 아니면 양립가능성에 방점을 둔 것일까? 문자 그대로 이 경구대로 살라고 하는 것에 그치는 것이었을까?

보니것이 하고 싶은 말은 무엇이었을까. 그가 소개한 경구의 뒷부분에서 알 수 있는 것처럼 자유의지가 있는 세상에서는 내가 바꿀 수 있는 것을 바꾸는 용기가 필요하다. 그저 삶을 받아들이거나 용기를 내어 바꾸어보거나 둘 중 하나를 택할 수밖에 없는 상황에서 평정심도 없고 용기도 없거나, 평정심은 강하지만 용기가 없거나, 용맹하지만 평정심이 없거나, 용기도 평정심도 팽배한 사람들로 나누어본다면, 보니것의 책을 나오는 대로 사서 읽던 나는 어느 쪽이었을까.

결론을 내리지 않고 뒤로 미루기만 하면서, 주어진 문제만을 닥치는 대로 풀면서 살아왔으므로 보니것의 질문에 답하기란 쉽지 않다. 나는 자유의지를 가진 줄 알았지만 사실은 매트릭스에 갇혀 사는 인간에 불과하다는 것을 깨닫는 날들과 빨간 알약만 먹으면 매트릭스에서 빠져나올 수 있다는 생각이 교차되는 날들을 살았고, 평정심도 용기도 없었던 터라 이리저리 흔들리는 삶이었기 때문이다.

2005년에 출간한 『나라 없는 사람』(*A Man Without a Country*)이라는 에세이집에서 보니것은 예술가에 대해 짧게 언급한다. 그래픽 예술가인 솔 스타인버그의 말을 빌려서였다. "솔 당신에게 타고난 재능이 있나요?"라는 보니것의 물음에 그는 "그런 건 없다네. 하지만 어떤 작품에서든 사람들의 반응은 예술가가 자신의 한계를 극복하기 위해 어떻게 노력했는가에 맞춰진다네"라고 답했다.[13] 그 앞부분에서 솔 스타인버그가 한 말도 인용해두어야 할 것 같다. "예술가엔 두 종류가 있는데 이건 결코 뛰어남의 차이가 아니야. 하지만 한 부류는 지금까지 자기가 만든 작품의 역사에 대응하고, 다른 부류는 인생 그 자체에 대응한다네" 하는 부분이다. 여기서 자유의지에 대한 보니것의 생각을 읽을 수 있다.

인생 그 자체에 대응하면서 자신의 한계를 극복하기 위해 노력하는 삶이 예술가의 삶이란 그의 언급을 보면 그는 트랄파마도어인이었지만 자유의지를 가진 지구인의 삶을 살고 싶어했다는 것을 알 수 있다. 아니면 반대로 지구인이었지만 트랄파마도어인도 되고 싶었던 것일지도 모르겠다. 내 경우는 아직도 답을 찾지 못하겠다. 용기와 평정심 중 하나만 고르라면 평정심을 고르겠지만 그 대가가 자유의지라면 용기를 골라야만 할 것 같다. 답을 알 수 없다는 것이 삶의 묘미라고 말하면 트랄파마도어인 쪽에 가까운가.

안데르센
지나치게
완벽한 은유

안데르센에게 닥친 세상

『제5도살장』의 빌리 필그림은 본인의 의지와는 상관없이 시간과 공간을 이리저리 왔다 갔다 했다. 자유의지가 없이 살아가는 트랄파마도어인들의 삶을 직접 체험해보게 하려는 작가의 의도에 따른 것이었다. 이런 방식으로 커트 보니것은 자유의지가 있는 지구인의 삶을 사유하도록 만든다.

「인어공주」의 작가 한스 크리스티안 안데르센(Hans Christian Andersen, 1805~1875)은 인어라든지 백조라든지 오리라든지 하는 인간이 아닌 존재를 끌어들이거나, 양철병정이라든지 눈사람이라든지 하는 사물들을 끌어들이기도 하고, 심지어는 그림자를 주인공으로 해서도 이야기를 썼다. 이런 방식은 하고자 하는 이야기를 유사한 다른 대상을 통해서 표현하는 은유의 방식으로 볼 수 있다. 안데르센은 자신의 이야기를 인어공주처럼 바닷속 왕국이라거나 엄지공주처럼 꽃들의 세상이라는 존재하지 않는 세상을 통해서 펼쳐 보였다.

그러나 실제의 세상에서 안데르센은 자신을 인정하려 하지 않고 여러가지 불편한 감정을 느끼게 했던 덴마크를 떠나 대중교통수단이 잘 발달하지도 않은 19세기에 서쪽으로는 포르투갈, 동쪽으로는 이스탄불, 남쪽으로는 북아프리카, 북쪽으로는 스칸디나비아반도의 나라들까지 종횡무진으로 여행을 다녔다. 빌리 필그림과 달리 철저하게 자신의 의지에 따른 여행이었다. 스물다섯살부터 예순여덟살까지 스물아홉 차례나 해외여행을 했고 총 9년을 덴마크 밖에서 지냈다고 한다. 덴마크에 있을 때조차도 자신의 셋방보다는 귀족 친구들의 조용한 별장에서 지내는 경우가 잦았고 평생 한번도 자기 집을 가져본 적이 없었다.

19세기 중반의 유럽여행은 역마차와 비포장도로, 끝없는 강도의 위협과 수많은 치명적인 병에 걸릴 위험을 무릅써야 하는 위험천만하고도 고된 일이었음을 감안하면 안데르센의 여행은 중독 수준이었다고 할 수밖에 없다.[1] 이야기 속 세상을 여행하는 일은 위험하지 않지만 실제 세상은 아직 무척 위험했다. 그런데도 안데르센은 자신의 삶을 은유하는 이야기들을 한없이 풀어놓고는 자신은 훌쩍 여행을 떠나버리곤 했다. 그런 삶은 어떤 삶이라 할 수 있을까.

안데르센의 동화 중에 「행운의 덧신」이란 작품이 있다. 행운의 요정이 자신의 생일에 장소와 시간을 불문하고 어디든지 갈 수 있는 덧신을 파티가 열린 어느 집 문 옆에 놓아두었다. 법률고문관 내프가 그 덧신을 신고 삼백년 전의 시대로 거슬러 올라갔다.

자신이 가고 싶었던 시대였지만 막상 도착한 그곳은 가로등도 없고 강을 건널 다리도 없으며 거리는 자기가 알고 있던 곳과는 딴판이라 애꿎은 술집에서 설전을 벌이기만 하다가 덧신이 벗겨져서 현재로 돌아올 수 있었다. 그 덧신을 손에 넣은 야경꾼은 달나라를 여행했고, 다시 덧신은 프레데리크 병원의 수련의를 극장으로 인도하여 관객들의 마음속을 여행하게 하기도 했다. 덧신은 마침내 경찰서에서 주인 없는 물품을 조사하는 서기의 손에 넘어갔다. 서기는 시인이 되었다가 작은 새가 되어 공원을 날

아다니는가 하면 소년에게 잡혀서 코펜하겐으로 팔려가
기도 했다. 서기에게서 덧신을 빌린 신학생은 스위스, 이
탈리아를 여행하고 죽음의 잠을 자고 있는 육체로 돌아왔
다. 근심의 요정은 신학생의 발에서 덧신을 벗겨서 사라
졌다.

안데르센의 여행기 『시인의 바자르』(En Digters Bazar,
1842)를 들고 1840년 안데르센이 갔던 길을 좇아 되도록
육로로 여행하면서 그의 자취를 따라가봤던 마이클 부스
는 그의 책 『유럽 육로 여행기』에서 안데르센은 「행운의
덧신」 속의 서기였다고 했다.[2]

안데르센의 마음에 여행의 씨앗을 심은 건 1808년 유년
시절 나폴레옹과 동맹을 맺은 스페인에서 파견된 한 소대
가 스웨덴을 공격하러 가는 길에 안데르센의 고향인 덴마
크의 오덴세에 체류했던 사건이었을 것이라고 마이클 부
스는 짐작한다. 끝없이 새로움을 찾아 현재로 만드는 갈
망을 가진 안데르센에게 여행은 교육의 장이었고, 성적
흥분을 가져다주었다. 안데르센을 무시하고 평가절하하
는 평론가들로 가득 찬 덴마크는 어떤 나라보다 더 이방
인의 기분을 안겨주었지만 여행길에서 만난 사람들은 안
데르센을 알아봐주고 추앙해주었다. 또 그를 알아보거나

알려고 하지 않으면 바로 그 이유 때문에 온전히 자기 자신이 될 수 있었다. 그의 여행 중독의 충분한 이유가 될 만하다. 누구에게나 세상을 차단하는 순간이 이따금 찾아오는데 "훌륭하게도 안데르센에게 세상으로부터의 도피는 밖으로 나가 세상과 교감하는 것이었다."³

안데르센은 1805년 4월에 덴마크 퓐섬에 위치한 오덴세에서 태어났다. 아버지는 구두수선공이었고 어머니는 세탁부였다. 아버지는 독학으로 공부했고 안데르센에게 『아라비안나이트』에 실린 이야기들을 알려주었다. 안데르센이 열한살 무렵 아버지가 세상을 떠났고 어머니는 곧 재혼하여 새아버지와 살았다. 안데르센은 소프라노 목소리로 노래했고 퓐섬의 나이팅게일이라는 별명을 얻었다.

1819년 열네살이 되자 그는 상류층 사람들 앞에서 노래하고 공연하여 번 돈을 가지고 홀로 코펜하겐으로 떠났다. 몇년 후 잠시 오덴세로 돌아갔을 때 어머니 아네 마리는 두번째 남편과도 사별하고 구빈원에 살면서 알코올 중독에 빠져 있었다. 어머니는 원래 오덴세를 가로지르는 강에서 다른 사람들의 옷을 세탁해주면서 생계를 꾸렸다. 추운 날씨에 찬물에서 옷을 빨아야 했으므로 진을 가까이 할 수밖에 없었을 것이다.

안데르센의 동화 「쓸모없는 여자」는 이런 어머니를 모델로 했다. 개울가에서 세탁을 하고 있던 어머니는 아들을 보자 "여섯시간 동안이나 찬물 속에 있었더니 온몸이 으슬으슬하구나" 하고는 소년이 가져온 술을 마셨다. 시장의 동생과 사랑하던 사이였던 어머니는 그 동생이 죽었다는 소식을 듣고 실신했고 다음 날 다시 빨래터에 나갔으나 쓰러진 후 죽었다. 시장은 쓸모없는 여자가 죽은 것이 잘됐다고 했다.

소년은 어머니의 친구인 마르다 아주머니에게 우리 엄마가 쓸모없는 여자라는데 사실이냐고 묻고, 마르다 아주머니는 그건 사실이 아니며 소년의 어머니는 인간으로서 참 쓸모 있는 분이셨고 하느님은 그 사실을 안다고 답해주었다. 마이클 부스는 이 동화가 안데르센이 쓴 자서전의 어느 대목보다 더 그의 유년 시절을 현실에 가깝게 그리고 있는 가슴 뭉클한 이야기라고 전한다.[4]

코펜하겐에 온 안데르센은 코펜하겐에 사는 유명 예술가들의 집으로 무작정 찾아가서 노래를 부르고 춤을 춘다거나 왕립극장에서 오디션을 봤지만 계속 거절당하다가 왕실 예술가의 후원금 관리자이자 자선가인 요나스 콜린을 만나게 되었다. 요나스는 왕실장학금을 주선해주었고 고전역사와 라틴어, 수학을 배울 수 있도록 코펜하겐에서 조금 떨어진 곳에 있는 슬라겔세라는 도시의 중등학교에 들어갈 수 있게 해주었다. 그러나 열입곱살의 안데르센은 열한살 열두살의 상류층 소년들과 한 교실에서 수업을 받아야 했고, 교장 시몬 메이슬링의 괴롭힘을 받았다. 이 시절은 안데르센의 인생에서 가장 암울하고 불행한 시기였다.

코펜하겐으로 다시 돌아온 안데르센은 요나스의 가족과 일주일에 한번 식사를 함께하고 그의 다섯 자녀와 친구가 되었다. 그중에서도 안데르센과 가장 가까웠던 셋째 에드바르는 안데르센보다 세살 어렸지만 늘 안데르센에게 충고와 책망을 하는 입장이었다. 마이클 부스는 「미운 오리 새끼」에서 집을 떠난 미운 오리 새끼가 머물렀던 어느 작고 초라한 농가에서 만난 암탉은 에드바르가 모델이 되었을 것이라고 추측한다.[5] 영국의 미술 비평가이자 안데르센 연구자인 재키 울슐라거는 이 부분을 에드바르의 누이인 잉게보르를 풍자한 것이라고 했다.[6]

암탉은 물에서 헤엄치고 싶어하는 미운 오리 새끼를 나무라면서 그런 공상은 집어치우고 이곳에 있게 해준 걸 고맙게 생각하라고 충고했다. 이런 말이 불쾌하게 들리겠지만 너를 위해서 진정한 친구로서 하는 말이라면서 자신처럼 알을 낳든지 고양이처럼 가르랑거리는 걸 빨리 배우라고 했다. 농가를 떠나 다시 세상으로 나온 새끼 오리는 가혹한 겨울을 견뎌낸 후 한마리의 백조로 성장했다. 그러나 자신을 오리알인 줄 알고 품어주었던 어미 오리에게도, 농가에서 만난 암탉에게도 그 모습을 보여줄 기회는 없었다.

안데르센은 불우했던 시절 은혜를 베풀어주었던 요나스를 평생의 은인이자 아버지라고 생각했고 그의 가족을 자신의 가족이라 생각했지만 요나스의 가족들은 안데르센을 사랑하면서도 그들이 계도하고 도와주어야 하는 관계라고 생각했다. 안데르센은 그들에게 인정받지 못하고 동등한 가족의 일원이 되지 못하는 것이 늘 서운했다.

에드바르는 안데르센에게는 단순한 가족 같은 관계가 아니라 양성애적 성향을 가진 안데르센이 사랑하는 사람이었다. 그러나 이 따분한 남자는 안데르센의 열렬한 호소에 냉정하게 반응했고 안데르센 사후 그의 글들에서 동성애적 성향이 드러나는 부분을 지운 후 출간되게 했다.[7] 위대한 작가와 함께한 삶이라는 주제로 출판한 회고록에서는 "안데르센을 가장 위하는 길은, 그의 정신세계가 얼마나 병적인지 보여주고, 세상 사람들이 혐오하는 그의 모습이 모두 그의 마음에서 비롯되었다는 점을 분명히 깨닫게 해주는 것이라는 생각을 떨칠 수가 없었다"고 했다. 울슐라거는 에드바르가 안데르센의 감정에 공감하지 못했고 예술가에게 꼭 필요한 시각을 가지지 못했음을 보여주는 대목이라고 지적했다.[8] 안데르센은 에드바르 부부에게 세상을 떠나게 되면 본인 옆에 무덤을 마련하라고 부탁했다. 일단 그 소원은 이루어졌으나 몇년 뒤 에드바르 부부의 시신은 자신들의 가족묘지로 이장되었다.[9]

요나스의 증손녀인 리그모르 스탐페는 요나스의 가족이 안데르센을 친절하게 대했지만 안데르센은 언제나 자신을 이방인으로 여겼다고 했고,[10] 안데르센은 그들 가족 안에 당연히 있는 오래된 친구나 삼촌 같은 사람이었지만 "그가 함께 있다는 것만으로 우리 모임을 빛내주는 '위대한 사람'이라는 생각은 한번도 해보지 않았다"고 했다.[11] 안데르센도 요나스의 가족들로부터 항상 부채감을 느꼈고 비웃음을 샀던 기억을 떠올려야 했으며 그들에게는 자신의 명성이 가져다줄 후광이 전혀 필요하지 않다는 점을 가슴 아파했다.[12]

안토니오로부터 안데르센을 발견하다

1835년 출판되어 큰 호평을 받은 안데르센의 첫 장편소설『즉흥시인』(*Improvisatoren*)은 안데르센이 펴낸 세권의 자서전보다 더욱 자전적인 이야기를 담고 있다.

『즉흥시인』에서 주인공 안토니오는 어릴 때 아버지가 죽은 후 어머니와 살면서 싱딩에 모인 사람들 앞에서 성모 마리아와 예수에 관하여 설교를 하여 인기를 모았고, 어머니마저 죽은 후 우연히도 보르게세 공작을 만나 예수회 학교에 다니는 도움을 받게 되었다. 소설의 무대는 이탈리아지만 안데르센이 요나스를 만나 문법학교에 다니게 되는 것과 마찬가지다. 안데르센이 문법학교에서 교장 메이슬링의 괴롭힘을 받았던 것처럼 예수회 학교에서는 엉터리 시인 하바스 다다가 학생들을 억압했다. 안데르센이 간신히 문법학교를 마치고 대학입학시험에 합격하고서도 대학을 가지 않았던 것처럼 안토니오도 신학교를 무사히 마친 후에는 더이상의 제도교육을 받지 않았다. 보르게세 가족들은 그를 항상 교육이 더 필요한 사람으로 취급했다.

보르게세 공작과 그의 딸 프란체스카는 안토니오를 돌

봐주지만 그들이 인정하는 틀 속에 안토니오를 가두려 했다. 프란체스카는 장점을 칭찬해주기도 하지만 결점도 전부 고쳐주어야 한다면서 지나칠 정도로 엄격하게 안토니오의 태도와 말투를 일일이 간섭했다. 프란체스카의 남편 파비니아는 다른 사람에게 안토니오를 소개하면서 훌륭한 친구지만 아쉽게도 무언가를 배우려는 마음이 부족하다고 말했다.

안토니오는 소프라노 가수 아눈치아타와 친구 베르나르도와의 삼각관계에서 예기치 못한 사고에 휘말리게 되었다. 로마를 급히 떠나야 했던 안토니오가 사정을 설명하는 편지를 보내자 보르게세 공작은 앞으로 자신의 가문과의 관계를 입에 올리지 말라는 둥 냉정한 답신을 보냈다.

공작은 안토니오의 학문이 얕은 것을 한탄했고, 공작의 친구들은 저마다 자신의 마음속에 있는 이상과 견주어서 안토니오를 평가했기 때문에 그는 언제나 낙제생이었다. 다들 안토니오의 무식을 드러내고 자기 지식을 뽐내기에 바빴다.

그러나 안토니오는 자신을 가르치려는 이 사람들은 모두 세계가 지니는 진정한 아름다움을 보지 못하고 기계적으로 일하는 직공과 다를 바 없다고 생각했다. 구두장이는 구두가 가장 중요하다고 하고, 양복장이는 옷이 가장 중요하며 색깔과 바느질 솜씨를 철저히 연구해야만 옷을 입은 사람의 아름다움을 논할 수 있다고 하는 것처럼, 전체의 아름다움을 보지 못하고 자신이 알고 있는 분야만을 가지고 아름다움을 평가한다는 것이었다. 그러면서 만일 자신이 부유하고 자립한 치지였다면 모든 게 달라졌을 것이라고 생각했다.

그들이 자신에게 베푼 교육의 성과란 사람들의 공허한 잡담에도 귀를 기울이기, 시치미 떼기, 겉치레, 인내, 비꼬기 등을 배운 것이라고 했다. 사람들은 언제나 결점만을 지적했고, 스스로 장점을 찾아서 드러내려고만 해도 손가락질하면서 자아도취에 빠져 자신만을 생각한다고 비판했다.

안토니오는 가난한 집안 출신, 오랫동안 남에게 의지해 살아온 형편 때문에 주위 사람들의 눈치를 살피고 은혜를 베풀어준 사람들이 싫어할까봐 입을 꾹 다물었다. 안토니오는 베네치아로 떠나서 사랑하던 아눈치아타를 만나고 연이어 그녀의 죽음을 전해 듣고 새로운 사랑을 만나면서 소설은 해피엔딩으로 막을 내린다. 독자들은 프란체스카에게서「미운 오리 새끼」의 암탉을 쉽게 연상할 수 있을 것이다. 또한 보르게세 집안과 콜린 집안의 유사성도 쉽게 찾아볼 수 있다.

허구인 자서전과 실제인 이야기들

법률에 관한 두세권의 책을 써본 내가 어린 시절에 읽었던 명작동화들에 관한 책을 써보라는 요청을 받고 맨 처음 떠올린 작가는 안데르센이었다. 많은 그의 동화들 중에서는「공주와 완두콩」이 가장 먼저 떠올랐다.「미운 오리 새끼」도 있고「인어공주」도 있고「벌거벗은 임금님」도 있는데 왜「공주와 완두콩」이 떠올랐는지는 나도 잘 모르겠다.

「공주와 완두콩」은 침대요 스무장과 솜이불 스무장 밑에 완두콩이 한알 놓인 침대가 딱딱해서 잠을 자지 못하는 진짜 공주의 이야기다. 어린 시절 어딘가에서 그 이야기를 처음 읽으면서 '그런 공주가 있다는 걸 믿으라고?' 라고 반문했던 일이 기억났기 때문일지도 모르겠다.

마법에 걸린 왕자들의 이야기도 있고 바닷속에 사는

인어들도 있는데 유독 예민한 공주의 이야기에 의문을 제기한 것은 마법의 나라나 바닷속 왕국은 당연히 상상의 산물이라는 걸 전제하지만 사람이 예민하고 예민하지 않은 것은 상상이 아니라 현실의 문제여서 본능적으로 그랬던 것 같다. 공주가 진짜 그렇게까지 예민해야 한다면 공주가 되지 않는 편이 낫지 않나 생각했던 기억도 난다. 나중에 안데르센이 병적으로 예민한 사람이었고 자신의 신경과민을 공주로 포장한 이야기라는 걸 알고 나서는 그를 딱하게 여기지 않을 수 없었다.[13]

2018년 덴마크를 여행하면서 안데르센이 태어난 오덴세를 잠시 방문할 기회가 있었다. 오덴세를 가본다는 데 큰 기대를 품고 비행기에서 미리 다운받아온 안데르센의 자서전을 전자책으로 열심히 읽었다. 안데르센의 유년기의 삶은 애잔한 느낌을 불러일으켰다. 그러나 이후의 삶에 대한 서술은 그의 자서전이 장 자크 루소, 표트르 크로폿킨의 자서전과 더불어 명 자서전의 하나로 꼽힌다는 것이 이상할 정도로 자신이 갔던 여행지라든지 자신이 만난 유명인사들의 이야기를 끝없이 늘어놓고 있어서 앞부분의 감동을 파괴할 지경이었다.

오덴세 또한 2021년 개관 예정이었던(6월 30일에 개관

했다) 안데르센의 새 박물관 공사를 하느라 도시 곳곳이 파헤쳐져 있어서 어수선했다. 그러나 다행히도 안데르센이 태어난 집과 새아버지와 옮겨 살았던 집, 어머니가 빨래하던 빨래터나 견진성사를 받던 성당은 그대로 남아 있었다.

빨래터가 있는 오덴세강에는 종이로 접은 것 같은 조각배가 떠워져 있고 오리들이 헤엄치고 있었다. 안데르센이 살던 집의 비좁고 초라한 내부 모습이나 안데르센의 박물관에서 본 그가 만들었다는 종이오리기 작품의 화려함 같은 불일치가 안데르센의 자서전보다 더 그의 삶에 대한 호기심을 불러일으켰다. 그리고 박물관의 한쪽 벽에는 침대요 스무장과 솜이불 스무장을 쌓아놓은 침대가 하나 놓여 있었다. 울슐라거는 『안데르센 평전』에서 안데르센의 세번에 걸친 자서전이 "자신을 실제와 동떨어진 거의 허구적인 인물로 만들어놓았다"[14]고 지적했는데, 나는 안데르센이 살았던 오덴세 거리를 둘러보고 안데르센 박물관을 보면서 울슐라거의 생각에 동감했다. 안데르센의 자전적 이야기는 그의 자서전이 아니라 소설과 동화 자체에서 찾아내는 편이 훨씬 정확하다.

1835년에 발간된 첫번째 동화집에 실렸던 「부싯돌 상자」는 "덴마크판 알라딘 이야기"[15]로서 전쟁터에서 집으로 돌아오던 가난한 병사가 부싯돌을 문질러서 나오는 소원을 들어주는 개의 도움으로 공주와 결혼하고 왕이 되는 이야기다. 안데르센이 비록 가난하지만 자신이 유명해질 운명을 타고났다고 믿었다는 것을 읽을 수 있다.[16] 「공주와 완두콩」은 이 동화집에 수록되었다.

1937년에 발간된 세번째 동화집에는 널리 알려진 「인어공주」와 「벌거벗은 임금님」이 수록되어 있는데, 「인어공주」에서는 안데르센이 자신을 인간과 다른 종족이라고 느끼는 인어공주이고 에드바르와의 관계에서 자신이 차지하는 위치는 왕자를 향한 인어공주의 절망적인 사랑과 같다고 생각했음을 알 수 있다.[17]

1838년에 펴낸 『어린이를 위한 새로운 동화집』 제1집에 실린 「꿋꿋한 양철병정」의 주인공은 스물다섯명의 장난감 병정 중에 양철이 모자라서 다리가 하나밖에 없는 병정이다. 이 양철병정은 종이로 만든 예쁜 성의 열린 성문 한가운데 다리를 높이 들고 서 있는 춤추는 종이 인형을 사랑했다. 혼자 외발로 서 있는 양철병정에 안데르센은 자신의 감정을 이입했다.[18]

함께 실린 「백조 왕자들」은 마법에 걸려서 백조가 된

열한명의 오빠들을 구하기 위해서 쐐기풀로 옷을 짜는 공주의 이야기다. 공주는 옷을 다 만들 때까지 말을 해서는 안 되었다. 만일 말을 하면 그 말이 그대로 비수가 되어 오빠들의 가슴에 꽂히기 때문이었다. 왕의 눈에 띄어 결혼했으나 교회 묘지로 가서 쐐기풀을 뜯어와서 옷을 만드는 공주는 마녀로 의심을 받고 화형에 처해지게 되었다. 감옥 속에서도 부지런히 옷을 만들던 공주는 마지막까지 옷을 만들어 오빠들에게 던져서 마법에서 오빠들을 구해냈다. 고통 속에서도 침묵하고 자신의 배경에 대해 오랫동안 입을 다물고 있다가 비로소 말문을 열어 자신을 드러내고 눈부신 승리를 차지하는 공주 또한 안데르센을 대변하고 있다.[19]

울슐라거는 이때부터 백조가 안데르센의 상징물이 되었다고 보았다. 백조는 하늘이나 물 위에서는 우아하고 강하지만 육지에서는 안데르센처럼 보기 흉하고 불편하며, 단 한번 영원한 사랑을 한다는 이미지를 가지고 있기 때문이었다.[20]

그리고 1843년 간행된 『새로운 동화집』 제1권 제1집에 수록된 「미운 오리 새끼」에서 백조의 이런 이미지가 멋지게 활용되었다. 미운 오리 새끼는 오리알 사이에서 태어났으나 너무 몸이 크고 못생겨서 다른 오리들과 닭들에게 물어뜯기고 발에 채이고 놀림을 당했다. 집을 나와 들오리들과 함께하다가 작고 초라한 농가를 거쳐 다시 넓은 세상으로 나왔으나 가혹한 겨울을 간신히 견뎌야 했다. 그러다 찬란한 봄이 되자 자신이 못생기고 볼품없는 진회색의 오리가 아니라 우아하고 아름다운 한마리의 백조였음을 깨달았다. 「미운 오리 새끼」는 볼품없는 아이가 사실은 아름다운 백조였던 것처럼 자신의 인생도 그렇다고 생각하고 싶어하는 안데르센의 마음을 그린 것으로 안데르센의 자전적 이야기에 가장 가깝다.[21]

1847년에 간행된 『새로운 동화집』 제2권 제1집에 수록된 「그림자」는 자신에게서 떨어져 나가서 남부럽지 않은 행운과 권력을 차지한 자신의 그림자의 그림자로 살다가 죽임을 당하는 학자의 이야기이다. 이 이야기에서 안데르센은 세상 사람들이 알아봐주지 않는 학자이기도 하고 사람의 행세를 하면서 공주와 결혼까지 하는 그림자이기도 하다.

에드바르에게 '당신' 말고 '너'라고 불러달라고 했다가 거절당하고 두달 후에 쓴 이 이야기에서 그림자는 학자에게 오히려 지식과 재산과 위치에서 우위인 자신을 그림자

시절처럼 '너'라고 부르지 말고 '당신'이라고 불러달라고 부탁했다. 울슐라거는 성공한 세속적인 그림자인 에드바르가 무기력하고 우울한 학자인 안데르센을 이기는 장면이라고 설명했다.[22] 당시 독일에서 출판할 예정으로 자서전을 쓰고 있던 안데르센은 높고 권세 있는 사람들과 함께하는 꼭두각시 인형과 같은 자신을 그림자로 표현하기도 했다.[23]

1872년에 출판된 그의 마지막 책인『새로운 동화와 이야기집』제3권 제1집에 수록된「치통 아줌마」와「늙은 요한나의 이야기」는 안데르센이 "가장 가혹하게 그려낸 자신의 자화상"이다.[24]

「치통 아줌마」는 한 식료품점의 포장지통에서 발견된 원고에서 찾아낸 이야기라는 설정에서 시작한다. 시인이 되고자 하는 열망과 동경 때문에 불면증에 시달리는 대학생이 환영 속에서 치통 아줌마로 변한 악마를 만나서 큰 치통을 겪으면서 위대한 시인이 될 것인지 하찮은 치통을 겪으면서 하찮은 시인이 될 것인지 고르라는 질문을 받고 영원히 시인이 되기를 포기한다고 약속한 다음 치통에서 놓여났다는 이야기다.「치통 아줌마」는 예술가의 고통과 창조성을 연관시키고 예술이 식료품점의 포장지처럼 덧

없고 의미 없는 것일지도 모른다는 두려움을 표현하고 있어서 안데르센의 예술에 대한 생각을 읽을 수 있다.[25]

「늙은 요한나의 이야기」는 잘생긴 재단사 라스무스가 농장주의 딸 엘제를 사랑했지만 고백을 하지 못하고 집을 떠났다가 엘제가 결혼식을 올리는 날 병들어서 돌아온 후 무기력하고 우울하게 살아가다가 죽었고, 그를 사랑했던 나막신 신발장이의 딸 요한나는 계속해서 그를 위해 찬송가를 불러주고 기도했다는 이야기다. 라스무스의 아버지와 어머니에는 안데르센의 아버지와 어머니가 투영되어 있고, 사랑을 고백하지 못하고 엘제를 피해 넓은 세상을 떠돌아다니다 병을 얻어 돌아온 라스무스에는 '늙고 쇠하고 지친' 안데르센의 모습이 투영되었다.

할아버지와 아버지에게 정신병력이 있었고 어머니가 알코올중독이었던 안데르센에게는 광기의 발현에 대한 두려움이 있었다. 안데르센은 신이 자신을 정신병원에 들어가지 않게 하려고 시인으로서 소명을 다할 수 있는 상상력을 주었다고 했다. 「그림자」에서 선하고 순수한 존재인 학자를 갑작스럽게 죽이는 것은 그의 우울증을 드러내는 것이라는 당대의 평론가 게오르그 브란데스의 지적도 있었다.[26] 게오르그 브란데스는 안데르센이 어떤 이념

에도 깊숙이 빠져들지 않았고 단 한순간도 자신을 완전히 벗어던지지 못했다고 지적하기도 했다.[27]

안데르센은 주변에 있는 아무렇지도 않은 사물들 속에서 작고 놀라운 세상을 발견했지만[28] 진정한 의미에서의 새로운 세상을 창조해낸 것일까. 안데르센은 "예술이란 표현할 수 없는 것을 표현해내는 수단"[29]이라고 했고, 그에 따라 자신의 심리적 딜레마를 주변의 사물을 재료로 하여 표현하기를 거듭했던 것이었다.

다만 안데르센의 천재적인 재능은 그가 자신의 이야기를 숨겨놓을 수 있는 적절한 재료를 선택할 수 있게 만들었다. 그래서 안데르센이 보여주는 세상이 독자에게는 꿈속의 세상처럼 여겨졌다. 일례로 인어공주가 사는 바닷속 왕국은 현실과는 동떨어진 새로운 환상의 세계로 보인다. 이처럼 안데르센이 숨겨둔 그의 실제 이야기를 떠올리지 않는다면 안데르센의 이야기는 약간의 교훈이 담긴 완벽한 상상의 나라 이야기로 보일 수밖에 없다. 안데르센의 이야기들이 단순한 동화처럼 소비되어온 것은 이런 이유 때문일 것이다. 작가들이 이런 형식을 취하지 않고 직설적이고 사실적으로 자신의 어두운 내면을 쓰는 것은 안데르센이 죽은 후에도 오랜 시간이 지나서야 가능해졌다.

어린 시절에 읽었던 명작에 대한 글을 써보려다가 나의 삶을 구성해왔던 책들을 훑어보기로 결정하고 써내려가면서 마무리는 어떻게 해야 하나 고심했다. 결국 안데르센을 떠올린 것은 동화로 소비되는 이야기를 썼지만 자신은 행복한 결말을 맞는 주인공으로 동화 속에 남을 수 없었던 그의 이야기가 안타까워서는 아니었다. 그는 말년으로 가면서도 자신을 전나무에 빗대기도 하고 그림자나 눈사람에 빗대기도 하면서 계속해서 늙고 지쳐가는 자신에 대해 이야기한다. '이런데도 나를 돌아봐주지 않을래' 하고 세상을 향해서 외치고 있지만 마치「공주와 완두콩」이야기에서처럼 너무도 완벽한 은유법을 사용하고 있어서 좀처럼 이야기 뒤에 숨은 그를 떠올릴 수 없다. 완벽한 은유는 결국 안데르센의 삶의 방식이었다.

　이런 안데르센의 방식에서 느낄 수 있는 아이러니는 무척 흥미롭다. 누군가가 알아봐주기를 원하면서도 지나친 가장으로 꽁꽁 싸매어둔 까닭에 아무도 진정한 자신을 알아볼 수 없게 만들고 있기 때문이다. 그는 큰 치통을 앓을지언정 위대한 이야기꾼이 되기를 포기하지 않았던 것이다.

　누구에게나 노년을 버티게끔 해주는 힘은 자신이 견지

해온 삶의 방식을 조금 더 완벽하게 다듬어가는 것이 아닌가 생각해보게 해주는 삶이 바로 안데르센의 삶이었다. 어린 시절에는 안데르센을 단순한 동화로 소비했지만 노년의 안데르센을 돌아보게 된 것은 안데르센의 이토록 완벽한 수수께끼를 풀어나가면서 그의 글들을 다른 시각으로 읽고 싶었기 때문이다.

현실의 바깥에 구축된 상상의 세계의 역할

어린 시절에는 세상과 부딪치는 모든 것이 상처였다. 그 상처를 제대로 극복하는 방법을 찾아나가는 것이 성장하는 과정이었고 세상을 살아나가는 과정이었다. 안데르센은 상징과 은유를 끌어들이는 특이한 방식으로 그 상처를 이겨내려 했다. 그는 특유의 방식으로 환상의 세계를 지었고 그 세계는 너무도 아름답고 슬픈 세계였다. 지금까지 누구도 따라갈 수 없는 세계라 할 수 있다.

또 루이자 올컷이나 브론테 자매처럼 새롭게 상상의 세계를 지은 사람들도 있다. 안데르센이 은유의 방식으로 세상을 보여주면서 자신을 이해하지 못하고 무시하는 사람들을 비웃고 자신의 감정을 투사하는 식이었다면, 루이자 올컷이나 브론테 자매는 자신들이 겪고 있는 어려움과 슬픔을 잊기 위해서 그들이 처한 현실의 세계와는 전혀 다른 상상의 세계를 지었다. 환유의 방식으로 펼쳐 보인 그녀들의 세상은 현실 세상과는 정반대로 모험과 사랑이 가득한 곳이었다.

안데르센도 아니고 루이자 올컷이나 브론테 자매도 아닌, 한발 물러서서 세상의 관찰자라고 자신을 자리매김하고 세상에 뛰어들지 않으면 상처를 입지 않을 거라고 생각하는 사람들도 있다. 커트 보니것이 세상을 관찰하는 외계인을 설정한 것은 이런 생각 때문은 아니었을까. 트랄파마도어인들이 고통을 겪지 않는다는 설정도 그래서 나온 것이리라.

청년 시절이 되면 도약을 위한 작은 공동체가 필요하다. 가족일 수도 있으나 가족을 벗어나 확장되는 버지니아 울프의 블룸즈버리그룹 같은 공동체라면 더 이상적일 것 같다. 비슷한 생각을 하는 사람들끼리 그 생각들을 공유하고 다듬는 과정에서 어린 시절의 상처가 치유되기도 하고 좀더 자아를 드러내는 훈련을 거치게 됨으로써 자신의 세상을 단단하게 만들어갈 수도 있다. 도리스 레싱에게서 보듯이 그 공동체는 바뀌어가기도 한다. 버지니아 울프와 도리스 레싱의 경우 청년 시절의 이 공동체는 혼자만의 닫힌 세계에 머물러 있던 그들을 조금 더 풍성하고 다양한 세계로 이끌어갔다.

본격적인 삶이 시작되면 결국은 세상에서 하나의 부품으로 살아가는 문제의 의미를 생각해보게 되는 시기가 온다. 카프카나 쿤데라의 소설들은 이 문제를 단순화시켜서 볼 수 있게 한다. 성에 가는 길을 찾을 수 없었던 카프카 소설의 K처럼 비록 정답을 향하는 길은 찾지 못할지도 모른다. 그렇다 할지라도 답을 찾아가는 과정 자체를 의미 있게 만들 방법을 모색할 필요는 있지 않을까. 기계적인 매트릭스의 삶에 머물러 있도록 자신을 방치해둘 수는 없기 때문이다.

그러나 이윽고 다가오는 은퇴 이후의 삶이 있다. 이 시점에서 스스로의 삶을 돌아보면서 자신의 삶에 대한 은유로 가득 찬 이야기를 끝없이 들려준 안데르센에게 다시 귀를 기울이게 된다.

안데르센은 자신의 이야기를 듣는 사람들의 차가운 반응에 실망하면서 덴마크를 떠나 끊임없는 여행길에 나섰다. 그의 삶이 안타깝지 않은 것은 아니지만 늘 자신의 삶을 돌아보는 사람들이 느끼는 보편적인 감정과 근본적으로 다르지 않다는 생각이 든다. 다만 그에게서는 조금 과장되었을지라도 말이다. 사람들에게 인정받고 싶다는 욕구를 충족시키기 위해 끝없이 달려온 삶의 마지막에 치통 아줌마를 만나서 욕구를 내려놓을 것인지 말 것인지를 정해야 하는 시험대에 올라야 하는 결말이 기다리고 있는 깃은 누구의 삶에서도 마찬가지일 것이기 때문이다. 치통의 고통에서 해방되기 위해 하찮은 성공이라도 받아들이라고 자신을 설득하고 있는 안데르센의 모습은 자신의 성공을 과장하여 써내려간 자서전보다는 훨씬 더 삶의 본모습을 드러내고 있다.

에필로그 · 자유를 꿈꾸어서 불행했던 우리들

내가 살았던 1950년대 이후부터 2000년대 전반부는 누구도 자신을 자유롭다고 생각할 수 없는 시대였다. 권위주의 시대였던 것이 큰 이유이긴 했지만, 사람들은 각자 다른 이유로도 자유롭지 않았다.

권위주의가 반드시 정치적인 의미에서만 작동했던 것도 아니었다. 사람들은 시대적 갈등과 개인적 고뇌를 함께 짊어진 채, 각양각색의 이유들로 자유롭지 않았다. 그런 시대에 자유를 꿈꾸는 자체가 불온이고 불행이었다. 그리고 그런 시대여서 누구도 행복하지 않았다. 행복하기 위해 살아간다는 명제가 낯선 시대였다. 그런 시대에 자유를 꿈꾸는 것은 무슨 의미일까, 생각하는 삶은 자유로운가, 그렇다면 행동하지 않고 생각만 하는 것은 괜찮을까, 더욱이 현실의 변혁에 눈감고 다른 세상을 꿈꾸는 일은 허용 가능한가. 이런 질문들을 마주하는 시대였으나 그 해답을 현실에서 찾기는 너무 어려웠다. 그럴 때는 다른 세상을 꿈꿔보아야만 했다.

이럴 때 다른 세상에 대한 상상력을 발휘해주는 작가들은 나에게 유일하게 도움을 주는 사람들이었다. 이런 책으로의 침잠이 현실도피적이라는 생각을 한 때도 있었지만 판단은 늘 유보해두었다. 다행스럽게도 2018년 사망한 후 이미 전설이 되어버린 작가 어슐러 K. 르 귄은 '거짓으로의 도피'가 아니라 '거짓으로부터의 도피'는 "기쁨과 비극과 윤리가 존재하는 보다 생생한 세계를, 격렬한 현실의 존재를 확립하고자 하는 것"으로서 본질적으로 현실과 밀접하다고 주장해주어서 위로가 되었다.[1]

나는 늘 진리를 발견하는 순간이 일찍 도착해버리면 그다음에 남는 것은 아무것도 없을 것이라고 믿어왔기에, 진리란 늦게 도착하는 것이어야 한다고 생각해왔다. 판단은 그후에 해도 늦지 않을 것이라는 이유를 대면서 매번 판단을 미루어왔다. 막상 그 순간이 오면 판단 같은 것은 의미가 없어질지도 모른다고 막연히 생각하기도 했다. 그 순간을 맞는다는 것은 두근거리는 일이겠지만 두려운 일이기도 하다. 가늠할 수도 없는 궁극의 순간을 기다리는 동안 상상력으로 세계를 직조하는 작가들은 훌륭한 동료가 되었다.

빨리 진리를 찾아버렸다는 사람들을 믿지 않았기에 사춘기를 벗어나면서도『토니오 크뢰거』를 읽으면서 생각한 관찰자로서의 삶을 살아가기 위해 계속해서 작가들이 그린 인물들의 삶을 찾아다녔다. 적당한 거리를 두면서 작가들과 그들이 만들어낸 이야기의 연계를 살펴보기도 했다. 루이자 올컷이나 브론테 자매들처럼 개인적인 고난을 잊기 위해서든, 커트 보니것처럼 국가의 이중의 폭력을 감당할 수 없어서든, 또는 카프카나 쿤데라처럼 개인의 힘으로는 도저히 어찌할 수 없는, 부품으로서만 살아남을 수 있는 세상에 조그만 창문을 내기 위해서든, 그들이 상상력으로 구축한 세계를 훔쳐보는 일은 그 자체로 커다란 위안이 되었다.

또한 여전히 다른 사람의 평가에서 자유롭지 못한 사람들에게는 안데르센이 있다. 거절당할까봐 상대방이 짐작해주길 기다리면서 혼자 끙끙 앓는 사람들에게, 상처받을까봐 원하는 바를 말하지 못하고 삼켜버리는 사람들에게, 안데르센의 이야기들은 작지만 따뜻한 위로가 된다.

잠시나마 루이자 올컷이 되었다가 브론테 자매들 중

의 하나가 되어보기도 하고, 안데르센이 되어보기도 하는 가운데 그들의 삶에 대한 사유는 종내는 나의 사유가 되었다. 비록 그들의 삶이 나의 삶의 시간을 구성했지만 결국 나는 그들을 관찰하는 사람에 불과했다는 것이 이 글을 처음 쓰기 시작했을 때의 내 생각이었다. 그러나 글을 마칠 무렵이 되자 결국 책을 통해 만난 그 모든 사람들이 내 삶에 들어와 있는 인물들이며 나였다는 생각 또한 든다. 그리고 나 자신도 알지 못하는 때에 뒤늦게 다가올 진리의 순간에는 나 자신의 삶과 작가들과 그들의 작품 속 등장인물들의 삶을 구분하는 것조차 무의미해질지도 모른다.

명작소설과 관련된 이야기들에 대해 다양한 접근이 가능하겠고, 작가의 성장 배경이나 삶의 방식과 그들의 작품을 바로 연결해서 보는 데는 한계가 있다. 작품을 작품 그 자체로 보지 않는 것은 잘못이라는 지적도 있을 수 있다. 그러나 독자의 입장에서 왜 작가가 다른 세상을 갈구했고 어떤 방법으로 다른 세상에 도달했나를 살펴보는 것은 작품이 주는 메시지를 더 깊이 파악하는 방법이 될 수도 있다. 이런 가능성을 전제로 마음대로 작가들의 작품의 배경과 작품을 비교하면서 이른바 명작들을 읽어보았다. 이상한 나라에서 앨리스는 토끼구멍을 통해 평행세계로 빠져 들어갔다. 앨리스가 아닌 보통의 독자들은 명작을 통하여 평행세계로 인도될 수 있다. 나의 미래는 나의 발치로 달려와서 드러누울 것이라는 커트 보니것의 말처럼 내 앞의 세상도 명작 읽기를 통하면 상상이 불가능하지는 않을 것이다.

책읽기에 관한 책을 쓰는 나 자신을 상상해본 적이 없었기에 『책읽기의 쓸모』의 후속작 같은 이 책을 쓸 것인지 많이 망설였지만 이 책의 출발부터 함께해주신 이지영, 이하림 편집자의 도움으로 간신히 마지막까지 올 수 있었다. 두분께 깊은 감사의 인사를 드린다.

주

루이자 메이 올컷: 소설가는 '내재하는 꿈'을 그리는 사람

1 코닐리아 메그스『고집쟁이 작가 루이자』, 김소연 옮김, 월북 2020, 73면.

2 Susan Cheever, *Louisa May Alcott: A Personal Biography*, Simon & Schuster, 2010, 47면.

3 같은 책 60면.

4 같은 책 202~203면.

5 같은 책 224면.

6 같은 책 202면.

7 루이자 메이 올컷『작은 아씨들』, 공보경 옮김, 월북 2019, 460~61면.

8 John Matteson, *Eden's Outcasts: The Story of Louisa May Alcott and Her Father*, W. W. Norton & Company, 2007, 205면.

9 마리아 포포바『진리의 발견』, 지여울 옮김, 다른 2020, 184면.

10 『작은 아씨들』, 469~470면.

11 John Matteson, 앞의 책 190~91면.

12 루이자 메이 올컷『초월주의의 야생귀리』, 서정은 옮김, 문학동네 2014, 225면.

13 같은 책 241면.

14 John Matteson, 앞의 책 171면.

15 Susan Cheever, 앞의 책 83~84면.

16 John Matteson, 앞의 책 407면.

17 같은 책 210면.

18 같은 책 170면.

19 헨리 데이비드 소로 『월든』, 강승영 옮김, 이레 1993, 306~307면.

20 같은 책 177면.

21 Susan Cheever, 앞의 책 86면.

22 John Matteson, 앞의 책 182면.

23 같은 책 210면.

24 Susan Cheever, 앞의 책 129면.

25 John Matteson, 앞의 책 256~57면.

26 같은 책 169면.

27 Susan Cheever, 앞의 책 16~17면.

28 Harriet Reisen, *Louisa May Alcott: The Woman Behind Little Women*, Henry Holt and Co., 2009, 38면.

29 John Matteson, 앞의 책 172면.

30 Harriet Reisen, 앞의 책 89면.

31 John Matteson, 앞의 책 185면.

32 루이자 메이 올컷 『조의 아이들』, 김재용·오수원 옮김, 윌북 2020, 735면.

33 Harriet Reisen, 앞의 책 289면.

34 같은 책 128면.

35 『작은 아씨들』, 529면.

36 Susan Cheever, 앞의 책 218면.

37 같은 책 235면.

브론테 자매들: 정령의 마법으로 잃어버린 세계를 되살리다

1 Susan Cheever, *Louisa May Alcott: A Personal Biography*, Simon & Schuster, 2010, 139면.

2 데버러 러츠 『브론테 자매 평전』, 박여영 옮김, 뮤진트리 2018, 50면

3 같은 책 26~27면.

4 같은 책 27~28면.

5 같은 책 23면.

6 같은 책.

7 같은 책 31면.

8 산드라 길버트·수전 구바 『다락방의 미친 여자』, 박오복 옮김, 이후 2009, 541~42면.

9 같은 책 453~54면.

10 데버러 러츠, 앞의 책 232면.

11 Fannie Elizabeth Ratchford, *The Brontë's Web of Childhood*, Columbia University Press, 1941.

12 이창국 『문학 사냥꾼들』, 아모르문디 2007, 147면에서 재인용.

13 데버러 러츠, 앞의 책 56면.

14 산드라 길버트·수전 구바, 앞의 책 446면.

15 데버러 러츠, 앞의 책 24면.

16 루이자 메이 올컷 『가면 뒤에서』, 서정은 옮김, 문학동네 2013, 372면.

17 데버러 러츠, 앞의 책 332면.

18 산드라 길버트·수전 구바, 앞의 책 576~77면.

19 낸시 암스트롱 『소설의 정치사』, 오봉희·이명호 옮김, 그린비 2020, 376면 각주 43.

20 버지니아 울프 『끔찍하게 민감한 마음』, 정덕애 편역, 솔 1996, 56~61면.

21 에드워드 멘델슨 『인생의 일곱 계단』, 김정미 옮김, 에코의 서재 2007, 173~74면.

22 산드라 길버트·수전 구바, 앞의 책 610~14면; 에드워드 멘델슨, 같은 책 177면.

23 버지니아 울프 『자기만의 방』, 이미애 옮김, 예문 1990, 110~15면.

24 같은 책 116면.

25 에드워드 멘델슨, 앞의 책 172~77면.

26 데버러 러츠, 앞의 책 49면.

27 버지니아 울프, 『런던 거리 헤매기』, 이미애 옮김, 민음사 2019, 32~33면.

28 샬럿 브론테『제인 에어』, 김성구 옮김, 청목사 1994, 126면.

29 마거릿 애트우드『나는 왜 SF를 쓰는가』, 양미래 옮김, 민음사 2021, 126~27면.

버지니아 울프: 미묘한 진실을 잡아채기 위해 그물을 던지다

1 버지니아 울프『런던 거리 헤매기』, 이미애 옮김, 민음사 2019, 29~30면.

2 같은 책 32면.

3 버지니아 울프『지난날의 스케치』, 이미애 옮김, 민음사 2019, 27면.

4 세라 그리스트우드『비타와 버지니아』, 심혜경 옮김, 뮤진트리 2020, 51면.

5『지난날의 스케치』, 53면.

6 같은 책 14~15면.

7 같은 책 56면.

8 같은 책 72면.

9 같은 책 76면.

10 같은 책 85~86면.

11 같은 책 130~31면.

12 같은 책 79면.

13 같은 책 145면.

14 알렉산드라 해리스『버지니아 울프라는 이름으로』, 김정아 옮김, 위즈덤하우스 2019, 16면.

15 같은 책 122면.

16 버지니아 울프『등대』, 강혜경 옮김, 서원 1991, 43면.

17『런던 거리 헤매기』, 132~33면.

18『등대』, 221~22면.

19『지난날의 스케치』, 48면.

20 버지니아 울프『세월』, 김영주 옮김, 솔 2019, 61면.

21 같은 책 111면.

22 같은 책 244면.

23 같은 책 266면.

24 같은 책 420~21면.

25 같은 책 462면.

26 같은 책 488면.

27 같은 책 492~93면.

28 알렉산드라 해리스, 앞의 책 47면.

29 『런던 거리 헤매기』, 111면.

30 버지니아 울프 『끔찍하게 민감한 마음』, 정덕애 편역, 솔 1996, 116~17면. (번역 일부 수정함)

31 Virginia Woolf, *Carlyle's House and Other Sketches*, Hesperus Press Ltd, 2003, 9면에 실린 도리스 레싱의 서문.

32 알렉산드라 해리스, 앞의 책 55면.

33 『지난날의 스케치』, 118면.

34 같은 책 99~101면.

35 같은 책 118~22면.

36 알렉산드라 해리스, 앞의 책 59면.

37 같은 책 50면.

38 같은 책 90면.

39 미셸 투르니에 『흡혈귀의 비상』, 이은주 옮김, 현대문학 2000, 278~79면.

도리스 레싱: 집안의 천사를 죽이고 바위를 버텨내고

1 Carole Klein, *Doris Lessing: A Biography*, Carroll & Graf Pub, 2000, 민경숙 『도리스 레싱』, 동문선 2004, 180면에서 재인용.

2 도리스 레싱 『금색 공책』 1, 권영희 옮김, 창비 2019, 12, 23면.

3 같은 책 138면.

4 같은 책 259면.

5 같은 책 267면.

6 같은 책 269~70면.

7 같은 책 14~17면.

8 같은 책 37면.

9 같은 책 10면.

10 도리스 레싱 「나의 속마음」, 『분노와 애정』, 김하현 옮김, 시대의 창 2018, 24~26면.

11 Jenny Diski, "Why can't people just be sensible," *London Review of Books* Vol 37 No 15, 2015. 7. 30.

12 민경숙 『도리스 레싱, 21세기 여성 작가의 도전』, 갈무리 2018, 77~78면.

13 같은 책 87면.

마거릿 애트우드: 누구도 누구의 시녀가 될 수 없다

1 Margaret Atwood, "Doris Lessing: a model for every writer coming from the back of beyond," *The Guardian*, 2013. 11. 18.

2 마거릿 애트우드 『글쓰기에 대하여』, 박설영 옮김, 프시케의숲 2021, 128면.

3 「마거릿 애트우드: 페미니즘은 여성이 언제나 옳다고 믿는 게 아니다」, 『허핑턴포스트』 2017. 7. 18.

4 마거릿 애트우드 『고양이 눈』 2, 차은정 옮김, 민음사 2007, 327면.

5 마거릿 애트우드 『나는 왜 SF를 쓰는가』, 양미래 옮김, 민음사 2021, 236면.

6 같은 책 235면.

7 같은 책 392~93면.

카프카와 쿤데라: 끝이 보이지 않는 미로의 세계

1 밀란 쿤데라 『소설의 기술』, 권오룡 옮김, 책세상 1990, 48~49면.

2 같은 책 39~40면.

3 같은 책 117~25면.

4 김덕영 『막스 베버』, 길 2012, 731면.

5 『소설의 기술』, 129면.

6 같은 책 130면.

7 빌헬름 엠리히 『카프카를 읽다』 2, 편영수 옮김, 유로서적 2005, 298면.

8 밀란 쿤데라 『배신당한 유언들』, 김병욱 옮김, 민음사 2013, 62~65면.

9 홍성광 「카프카의 생애와 『성』」, 『성』, 펭귄클래식코리아 2008, 468~69면

10 『소설의 기술』, 164면

11 조지 스타이너 『나의 쓰지 않은 책들』, 고정아 옮김, 서커스 2019, 147~48면.

12 밀란 쿤데라 『커튼』, 박성창 옮김, 민음사 2008, 185면.

13 같은 책 187~90면.

14 『소설의 기술』, 127~28면.

15 https://en.wikipedia.org/wiki/Milan_Kundera 참조.

16 『배신당한 유언들』, 24~25면

17 같은 책 330~35면.

커트 보니것: 자유의지는 선택할 수 있는가

1 커트 보니것 『아마겟돈을 회상하며』, 이원열 옮김, 문학동네 2019, 63~66면.

2 커트 보니것 『제5도살장』, 박웅희 옮김, 아이필드 2005, 27~28면.

3 같은 책 25면.

4 커트 보니것 『나라 없는 사람』, 김한영 옮김, 문학동네 2007, 26~28면.

5 『제5도살장』, 121면.

6 같은 책 39면.

7 같은 책 108면.

8 같은 책 104~105면.

9 테드 창 『당신 인생의 이야기』 김상훈 옮김, 행복한책읽기 2004, 170면.

10 같은 책 425~26면.

11 같은 책 396면.

12 Jeremy Smith, "The Absence of God: an interview with Ted Chiang," *infinity plus*, 2002. 7.

13 『나라 없는 사람』, 131면.

안데르센: 지나치게 완벽한 은유

1 마이클 부스 『마이클 부스의 유럽 육로 여행기』, 김윤경 옮김, 글항아리 2019, 62~64면.

2 같은 책 317면.

3 같은 책 317~25면.

4 같은 책 462~63면.

5 같은 책 433면.

6 재키 울슐라거 『안데르센 평전』, 전선화 옮김, 미래M&B 2006, 422면.

7 마이클 부스, 앞의 책 432~33면.

8 재키 울슐라거, 앞의 책 315면.

9 같은 책 775면.

10 같은 책 164면.

11 같은 책 713면.

12 같은 책 712면.

13 같은 책 289면.

14 같은 책 519면.

15 같은 책 285면.

16 같은 책 282면.

17 같은 책 321~22면.

18 같은 책 344면.

19 같은 책 347면.

20 같은 책 348면.

21 같은 책 420면.

22 같은 책 524면.

23 같은 책 525면.

24 같은 책 753면.

25 같은 책 758면.

26 같은 책 524면.

27 같은 책 618~19면.

28 같은 책 728면.
29 같은 책 735면.

에필로그: 자유를 꿈꾸어서 불행했던 우리들

1 어슐러 K. 르 귄『밤의 언어』, 조호근 옮김, 서커스 2019, 86~87면.

시절의 독서

김영란의 명작 읽기

초판 1쇄 발행 / 2021년 10월 22일

지은이 / 김영란
펴낸이 / 강일우
책임편집 / 이하림 홍지연
조판 / 신혜원
펴낸곳 / (주)창비
등록 / 1986년 8월 5일 제85호
주소 / 10881 경기도 파주시 회동길 184
전화 / 031-955-3333
팩시밀리 / 영업 031-955-3399 편집 031-955-3400
홈페이지 / www.changbi.com
전자우편 / human@changbi.com

ⓒ 김영란 2021
ISBN 978-89-364-7889-6 03810